# ULIK AU PAYS
# DU DÉSORDRE AMOUREUX

FRANÇOIS LELORD

# ULIK AU PAYS DU DÉSORDRE AMOUREUX

un conte

OH ! ÉDITIONS

ISBN : 2-266-14212-7

Quand le sentiment de solitude dans sa chambre devint intolérable, il décida de descendre au bar.

Dans le couloir, il croisa une femme de chambre qui poussait un chariot chargé de serviettes. Elle lui fit un petit sourire en passant et il lui sourit en retour, car maintenant il avait compris : ce sourire ne signifiait nullement qu'elle voulait lui parler, mais c'était ainsi que les gens du personnel de cet hôtel vous saluaient.

C'était un très grand hôtel pourvu de plusieurs bars, mais il trouva vite celui qui lui convenait : loin de l'entrée, au bout d'un couloir, c'était comme un petit salon, juste quelques fauteuils dans une douce pénombre, de la lumière derrière le comptoir où un jeune kablunak préparait des boissons, et très peu de monde à cette heure tardive.

Dès qu'il fut assis, il se sentit mieux.

— Que désirez-vous, Monsieur ?

Un autre jeune kablunak en veste blanche le regardait en lui souriant.

— Je pourrais voir la carte ?

— Mais bien sûr, Monsieur.

Quand il eut la carte ouverte devant lui, il se dit qu'il s'en était bien tiré, il avait donné la bonne réponse et il pouvait apprécier le résultat de cette petite transaction : une liste de boissons à consulter tranquillement. Éprouver le sentiment d'avoir réussi quelque chose, voilà ce qui lui manquait trop souvent depuis qu'il avait quitté son pays.

À une table un peu plus loin, trois Japonais discutaient en lui jetant un regard de temps en temps. Il avait remarqué que les Kablunaks le prenaient parfois pour un Japonais, mais les Japonais eux ne commettaient jamais cette erreur, ils reconnaissaient aussitôt qu'il n'était pas des leurs. Sans compter que les yeux bleus sont rares chez les Japonais, mais il est vrai qu'il en était de même parmi son peuple.

Assises sur de hauts tabourets contre le bar, deux jeunes femmes se parlaient en souriant. Il remarqua leurs bras nus, leurs boucles d'oreilles, leurs cheveux brillants. Elles semblaient très à l'aise et contentes d'elles-mêmes. Peut-être attendaient-elles leurs compagnons ? Certaines des femmes d'ici étaient très jolies, mais il ne savait pas du tout comment les aborder. De plus, on ne pouvait jamais savoir si elles étaient libres ou si elles appartenaient déjà à un homme, alors que chez lui il était impossible de l'ignorer.

Il se sentait beaucoup mieux que dans sa chambre. Enfin, il n'était plus seul, même s'il n'osait pas parler aux jeunes femmes ou aux Japonais. Depuis son arrivée, il avait réussi à s'habituer à croiser tous les jours des personnes qu'il ne connaissait pas, mais cela lui paraissait encore trop difficile d'adresser la parole à celles auxquelles on ne l'avait pas présenté. Avec toutes ces rencontres que Marie-Alix avait organisées pour lui, il réalisa qu'il avait fait la connaissance de plus de gens en trois jours ici qu'au cours de toute sa vie au pays. D'un autre côté, ce que les Kablunaks appelaient « connaître quelqu'un » signifiait simplement se souvenir de son visage et de son nom, alors que pour lui, connaître, c'était avoir vu vivre quelqu'un pendant des années, dans les bons jours comme dans les mauvais.

Il regarda la carte. Il fit une tentative pour s'intéresser à la liste intitulée « cocktails sans alcool », mais il sentit vite que c'était impossible. Son regard allait sans cesse à l'autre liste. Le souvenir de l'alcool courait dans ses veines depuis son arrivée ici, lors du cocktail d'accueil à l'ambassade, et tout son corps voulait le retrouver.

*Manhattan.* Un endroit qu'il ne connaissait pas.

*Blue Lagoon.* Il aurait aimé en contempler un.

*Bloody Mary.* Mettait-on réellement du sang dans ce cocktail ?

*White Lady.* Une boisson réservée aux femmes kablunaks ?

*Polar Bear.*

Son regard s'arrêta. Les mots se brouillèrent devant ses yeux en même temps que la pièce tournait légèrement autour de lui.

*Polar Bear.*

Ours polaire.

Le Grand Nanook aux noires babines.

Alors il se souvint. La course sur la neige, les cris des chiens, le vent, et bien sûr, Navanarava.

Quand l'heure de son départ était arrivée, pendant que le petit avion de la base pétrolière faisait chauffer son moteur, elle avait réussi à échapper à la surveillance de son père pour venir le rejoindre :

— Quand reviendras-tu ? avait-elle demandé, encore essoufflée par sa course.

— Bientôt.

— Et moi, je reste seule ici.

— Mon esprit ne te quittera pas.

Elle avait souri et il avait senti son cœur bondir dans sa poitrine comme chaque fois qu'elle lui souriait.

— Ne rencontre pas trop de femmes kablunaks, dit-elle.

— Elles ne peuvent se comparer à ma Navaranava.

Elle sourit encore, mais il avait vu une larme se former au coin de son œil.

Le pilote était descendu de la cabine de l'avion et lui avait fait signe qu'il était temps.

— Je pars pour te retrouver, avait-il encore dit à Navaranava.

Ils avaient entendu des cris. Près des igloos, un petit groupe de femmes les avait remarqués et exprimait sa désapprobation : depuis qu'ils n'étaient plus fiancés, il leur était interdit de se retrouver en tête-à-tête.

— Mon aimé, avait-elle dit.

Ils s'étaient étreints un bref instant puis chacun était reparti dans sa direction, lui vers le petit avion muni de patins qui s'était mis très vite à glisser sur la neige, elle vers les igloos où son père mécontent l'attendait.

Tandis que l'avion prenait de l'altitude, il avait aperçu une dernière fois sa mince silhouette qui se détachait sur la surface éclatante de la neige, puis l'avion avait viré et le village avait disparu à ses yeux.

Navaranava. Navaranava.

Que fais-tu à cet instant ? pensa-t-il en regardant mélancoliquement le serveur lui apporter un verre où cliquetaient des glaçons.

C'était sa promise. Ils se connaissaient depuis qu'elle était un bébé et lui un petit garçon. Quand elle commençait à marcher, il l'emmenait se promener sur la neige et leurs mères regardaient en souriant leurs deux petites silhouettes se tenant par la main. « Regardez comme ils s'entendent notre petit Ulik et notre mignonne Navaranava ! Nous allons les marier. » Car souvent en pays inuk les unions se décident lorsque l'on est enfant, ainsi chacun sait qui est sa promise ou son promis, ce qui évite les doutes et rivalités inutiles.

En observant les deux jeunes femmes près du bar qui continuaient de se parler, il se doutait que la coutume ici était différente. Cette ville semblait pleine de femmes seules que l'on pouvait approcher sans savoir si l'on allait provoquer la colère d'un père ou la jalousie d'un homme. Les hommes kablunaks n'étaient-ils donc plus jaloux ? Peut-être irait-il leur parler à ces deux belles, finalement. Il avait remarqué que les femmes qu'il croisait dans ce pays lui jetaient souvent de brefs regards. Cela signifiait-il qu'elles le trouvaient attirant ? Mais le souvenir de Navaranava le rappela à l'ordre. Pourquoi fallait-il qu'il se retrouve là, tenté par des femmes inconnues, au lieu d'être resté près de son aimé ? Il but sa première gorgée de Polar Bear en songeant à toutes les catastrophes qui l'avaient séparé d'elle.

Premier des malheurs, encore petit enfant, il était devenu orphelin. Un jour, son père était parti chasser sur le glacier, et d'autres chasseurs l'avaient vu disparaître avec son traîneau dans une crevasse cachée sous la neige. Ils étaient accourus, mais le gouffre était si obscur et si profond qu'ils n'avaient pu l'apercevoir ni le secourir. Aucun cri n'avait répondu à leurs appels, juste quelques faibles gémissements de chiens blessés qui montaient de l'obscurité, et personne n'avait osé descendre dans un tel gouffre. Les gémissements des chiens s'étaient tus les uns après les autres.

Lorsqu'elle avait appris la nouvelle, sa mère était tombée dans un grand désespoir. Il la voyait rester toute la journée immobile dans l'igloo, les yeux fixes ;

parfois, elle sortait pour aller sur la plage, et là, face à la rumeur de la mer et du vent elle poussait de longs sanglots.

Un jour, sa mère n'était pas revenue. Tout le village était parti à sa recherche, mais nul ne l'avait revue. S'était-elle avancée dans la mer ? Avait-elle rencontré un ours, ravi d'une proie aussi facile ? On avait retrouvé des traces d'ours en effet, mais nulle trace de sa mère.

Polar Bear. Ours polaire. Il en commanda un deuxième au gentil serveur. Les Japonais étaient partis. Les deux jeunes femmes se levèrent gracieusement de leur tabouret et s'en allèrent, sans lui jeter un regard. Il se retrouva seul.

Il était devenu orphelin, la plus dure condition de la vie inuk. N'ayant pas de grand frère pour s'occuper de lui, il avait été adopté par son oncle, le frère de sa mère. Mais, comme tout orphelin, il ne pouvait se nourrir que des restes dont personne ne voulait, après que ses cousins se fussent servis. Et il ne trouvait de place dans l'igloo de pierre que près de l'entrée, là où il fait le plus froid. Il en est ainsi de la vie des orphelins en pays inuk et beaucoup meurent peu après leurs parents. Mais lui avait survécu.

Au fond de son verre, deux glaçons s'entrechoquaient. Une bouffée de nostalgie le saisit. De la glace. Un peu de l'esprit du Nord était peut-être en elle ? Dans son île, il pouvait à tout moment sentir la présence des esprits dans un rocher, un animal, le souffle du vent, une couleur du ciel. Les esprits habitaient son monde et, même au cours d'une chasse solitaire, il ne cessait d'en croiser ; il n'était jamais seul. Mais ici, impossible de sentir la moindre présence d'un esprit dans ces fauteuils rembourrés, ce tapis, le bar, ou même les pigeons qu'il avait aperçus au-dehors. Il avait d'abord pensé qu'il s'agissait d'esprits kablunaks et qu'il était difficile pour un Inuk comme lui d'entrer en contact avec eux. Puis il avait réalisé que les gens d'ici ne sentaient non plus aucun esprit dans toutes ces choses.

Les glaçons avaient fondu. Le serveur arriva avec un autre verre, et il se dit que son destin était d'être sauvé par les Kablunaks.

À l'époque où ses parents avaient disparu, une station météo s'était installée non loin du camp, et poussé par la faim et le besoin d'être aimé, il s'y rendait tous les jours. Les grands Kablunaks s'étaient émus de ce petit Esquimau orphelin et l'avaient invité à partager leur nourriture. Il revenait chaque jour, et le capitaine Tremblay avait commencé à lui apprendre sa langue en lui racontant les *Fables* de La Fontaine, puis en les lui faisant apprendre par cœur.

Il avait survécu, il était devenu grand et fort, mais à quoi bon si c'était pour être séparé de son aimée ? Mais sans qu'un mot ne soit prononcé, il avait senti que plus personne ne le considérait comme le futur mari de Navaranava.

Il était maintenant un orphelin et n'avait plus d'alliance avec un groupe de chasseurs.

Il était devenu l'ami des Kablunaks et, bien que la station météo eût été fermée et qu'ils fussent repartis, cette alliance le rendait différent aux yeux des autres.

Il avait offensé le grand Nanook, faisant ainsi courir à la tribu le risque de la pire des malédictions : celle de ne plus trouver de gibier.

Peu à peu, il n'était plus parvenu à la rencontrer seule. Elle devait obéir aux ordres de son père. Mais elle continuait de lui adresser des regards pleins de tendresse.

Tous deux avaient compris que c'était maintenant Kuristivocq auquel le chef pensait comme futur gendre. Kuristivocq était plus âgé, il avait déjà une épouse, mais c'était un excellent chasseur, et peut-être un futur chef, bien que beaucoup le trouvassent trop vantard.

Mais quand les Kablunaks chercheurs de pétrole étaient arrivés et que leur grande base avait commencé à s'étendre comme une maladie du paysage, quand un petit barbu soucieux du peuple inuk avait fait classer la tribu Patrimoine mondial de l'humanité et proposé au chef d'envoyer un homme de la tribu comme ambassadeur au pays des Kablunaks, alors il avait saisi sa chance, la dernière. Il accepterait de partir comme ambassadeur, avait-il dit, seulement si Navanarava lui restait promise. Le chef avait réfléchi, souri, et puis déclaré que s'il partait, on reconsidérerait la chose à son retour. Alors il s'était envolé pour le pays des Kablunaks, ainsi que l'avait prédit la vision : *il sera emporté par le grand oiseau au cœur creux vers le pays des Blancs, il connaîtra leurs vastes contrées, leurs maisons grandes comme des montagnes, il rencontrera maintes fois l'amour des femmes kablunaks. Toujours empêché de revenir sur ses pas, il errera parmi les terres lointaines, le cœur souffrant de retrouver sa terre et son peuple, car c'était la volonté de Nanook qu'il avait offensé, et aussi la volonté des Kablunaks, mille fois nombreux, qui voulaient honorer le peuple inuk.*

Après le troisième Polar Bear, il commença à se sentir beaucoup mieux. C'était comme si l'esprit du grand Nanook l'aimait à nouveau. Pourquoi ne pas en prendre un quatrième ?

Il était toujours seul, à part le barman et le serveur. Qui chuchotaient en le regardant.

Une bouffée de honte le saisit. Une partie de lui-même savait que l'alcool, cette invention kablunak, peut rendre aussi maladroit, en gestes et en paroles, qu'un petit enfant. Il se souvenait de la soirée à l'ambassade, et de la pitié dans le regard des gens quand une grosse femme qui avait manifestement abusé des liqueurs riait trop fort puis était tombée de sa chaise en tentant de s'asseoir. Il ne voulait pas sentir ce genre de pitié dans le regard de ces deux-là, il était un fier Inuk, et seuls les enfants et les femmes peuvent faire pitié sans se déshonorer. Il se leva et eut l'impression que le plancher était devenu comme la banquise quand elle dégèle et que les grandes plaques de glace dansent sous vos pas. Mais justement, il était entraîné à cela, et il arriva à marcher jusqu'au bar.

— Vous désirez autre chose, Monsieur ?

Il voulut répondre, mais ses paroles mettaient du temps à se former.

— Non... Je vais me coucher.

— Excellente nuit, Monsieur.

— Je me sens bien seul.

La phrase était sortie comme ça, il n'avait pas eu l'intention de la prononcer, mais le sentiment de solitude était tellement fort en lui qu'il finissait par déborder.

Il vit le barman et le serveur marquer un petit temps d'arrêt. Ils se regardèrent, puis le barman lui parla à nouveau.

— Vous aimeriez de la compagnie, Monsieur ?

— Oh, oui, mais je sais qu'il est fort tard.

— Il n'est jamais trop tard, Monsieur. Vous pouvez revenir à votre chambre.

Il réalisa soudain qu'il ne retrouverait jamais sa chambre. Il était habitué à s'orienter à l'air libre, dans la nature, mais il s'était bien rendu compte, depuis son arrivée, qu'il se sentait complètement perdu quand il fallait se déplacer d'un étage à l'autre, surtout quand ils étaient tous pareils, et qu'il n'y avait ni ciel, ni vent, ni aucun de ses repères habituels. De nouveau il eut honte.

— Je crains de ne pas la retrouver.

— Pardon ?

— Ma chambre. Je crains de ne pas la retrouver.

Le barman sourit imperceptiblement.

— Aucun problème, Monsieur. Jean-Marc va vous raccompagner.

Plus tard, dans l'ascenseur (comment se repérer si vous ne pouvez même pas voir le chemin que vous parcourez ?), Jean-Marc lui sourit et lui demanda :

— En ce moment, chez vous, c'est la nuit polaire, non ?

Cela le surprenait toujours de voir que parfois un Kablunak avait l'air de connaître quelque chose du pays Inuk, sans pourtant y être allé.

— Non, elle s'est achevée. C'est l'époque où l'on recommence à chasser.

Il aurait voulu lui raconter l'instant où, après une nuit de trois mois, un mince quartier de soleil apparaît pour la première fois à l'horizon, et où toute la tribu se met à prier pour qu'il revienne le lendemain, mais la porte de l'ascenseur s'ouvrit. Ils étaient arrivés à son étage. Puis à sa porte.

— Vous vous sentez bien, Monsieur ?

— Oui. Oui.

— Ne vous inquiétez pas, on s'occupe de vous.

— Merci, merci.

Mais une fois seul dans sa chambre, il se sentit très mal, comme un petit enfant abandonné. Seule la honte l'empêcha de ressortir et de courir après le serveur.

Ne te comporte pas comme un enfant, pensa-t-il. Tu es un fier Inuk.

Il avait pourtant connu bien des épreuves. Mais c'était la première fois de sa vie qu'il se retrouvait seul dans une chambre. La première fois qu'il se retrouvait seul, en fait, car avec le peuple inuk, on n'est jamais seul.

Dans l'igloo, on est avec les siens. À la chasse, on est le plus souvent avec sa bande, car seul ce serait trop dangereux.

Parfois, on part seul relever des trappes, mais jamais loin, et toujours avec ses chiens, et l'on revient quand on le décide ; la solitude ne dure qu'autant que vous le voulez. Personne ne vous laisse jamais seul, ou alors c'est que vous avez commis une grande faute ; on vous met alors à l'écart, personne ne vous parle plus, et vous devez chercher un autre village qui vous accepte, ou bien vous retirer au loin et devenir un *inivoq*, un damné qui mourra bientôt.

Il fit appel à toute son *inuha*, sa raison, pour se dire que chez les Kablunaks, la solitude n'était pas un châtiment. Il n'avait rien fait de mal, il n'était pas puni. Pour eux, se retrouver seul dans une chambre était aussi naturel que pour lui se retrouver avec les siens dans la chaleur de l'igloo. Aucun d'entre eux n'aurait été capable de faire face à la vie du Nord telle qu'il la connaissait, mais ils semblaient avoir apprivoisé la solitude.

Il essaya de penser à Navaranava, celle pour qui il endurait tout cela. Mais il n'arrivait pas à faire apparaître son souvenir, comme si l'esprit de sa promise se refusait à venir dans le décor étrange de cette chambre.

Une seule personne aurait pu l'aider à se sentir moins seul, Marie-Alix. Il ne la connaissait que depuis trois jours, c'était la personne que l'Unesco avait choisie pour l'accompagner. Une grande femme kablunak avec des jolis yeux bleus et des petits rires charmants. Peut-être pourrait-elle le comprendre ?

Mais n'était-il pas bien tard pour l'appeler ? Tant pis, il ne pouvait plus tenir.

Quelques longues sonneries et sa voix, d'abord ensommeillée, puis aussitôt inquiète.

— Ulik ! Est-ce que tout va bien ?

Il se sentit incapable d'avouer sa faiblesse, de l'inquiéter, de la déranger plus longtemps.

— Tout va bien.

— C'est sûr ?

— Oui, oui.

Il y eut un silence. Elle devait regarder l'heure, mais elle ne fit rien remarquer. On n'entendait personne à ses côtés. Il eut une brève vision de ses épaules nues, d'une mèche qui lui barrait la joue.

— Vous vouliez me demander quelque chose ?

— Non, non.

— Si quelque chose n'allait pas, vous me le diriez, hein ?

— Absolument.

— Je passe vous chercher demain à huit heures, vous vous souvenez ?

— Bien sûr. Dormez bien, Marie-Alix.

— Vous aussi, Ulik.

Il se retrouva à nouveau seul, dans cette chambre formidablement étrangère.

Il éteignit tout et s'allongea sur le lit. Dans l'obscurité, il pouvait rêver qu'il était ailleurs, loin, en pays inuk.

Pendant qu'il essayait de s'endormir en pensant au souffle du vent sur la neige, on frappa à la porte.

Surprise, c'était une des jeunes femmes qui discutaient tout à l'heure au bar.

— Bonsoir. Vous avez besoin de compagnie, à ce qu'il paraît ?

La jeune femme avait été très gentille, même s'il n'avait pas tout de suite compris quelle était sa spécialité. C'était une des difficultés qu'il rencontrait ici : tout le monde avait une spécialité, serveur, médecin, ambassadeur, barman, alors que chez lui, c'était plus simple : tous les hommes étaient des chasseurs, point. Et toutes les femmes s'occupaient des igloos, mâchaient les peaux, les cousaient et élevaient les enfants. Il arrivait certes qu'elles aillent attraper des guillemots avec des épuisettes, mais on ne pouvait considérer cela comme une vraie chasse.

La société kablunak était peut-être pauvre en esprits, mais riche en spécialités. Il se souvint d'un mot : « spiritualité ». Riche en spécialités, pauvre en spiritualité. Il se sentit content d'avoir trouvé une si bonne formulation.

Ses pensées revinrent à la jeune femme qui venait de repartir. Il se sentit rougir. C'était la première fois qu'il avait fait l'amour en pleine lumière et non, comme là-bas, dans l'obscurité sous la couverture en peau, sans bruit, tandis que les autres dorment.

Il se souvenait de certains des gestes de la jeune femme, et l'excitation en même temps que la honte l'assaillirent à nouveau. Elle lui avait fait des compliments très impudiques, en lui disant qu'il valait mieux que la plupart des Kablunaks, et ce n'était pas ce qu'on lui avait raconté sur les chinois.

Alors, il lui avait expliqué d'où il venait. Elle avait eu l'air surpris, puis un peu gênée quand il lui révéla que c'était la première fois qu'il approchait une femme de son peuple.

— Eh bien j'espère que ça te laissera un bon souvenir, dit-elle en riant. Une première fois, c'est toujours important...

Elle se nommait Jacinthe, le nom d'une fleur qu'il n'avait jamais vue.

Ensuite, elle lui avait demandé si c'était lui qui allait la payer.

Il eut un moment de stupeur, puis un souvenir lui revint de très loin. La vieille Anakanaluka lui avait parlé de ce genre de marché : lorsque les baleiniers kablunaks passaient une fois par an dans leurs grands vaisseaux aux voiles palpitantes comme des ailes, certaines femmes des Inuits montaient à bord et, plus tard elles en revenaient toutes contentes avec des foulards, des couteaux, et même de petites perles de verre. Leurs hommes les laissaient visiter les vaisseaux parce que cela permettait d'obtenir des objets utiles pour la tribu, et de plus les baleiniers ne restaient jamais longtemps. Mais parfois, des bébés naissaient de ces rencontres, et cela expliquait pourquoi plus d'un siècle plus tard, lui, Ulik l'Inuk, avait des yeux bleus.

Même quand il comprit ce que voulait Jacinthe, il se sentit très embarrassé.

— Tu n'as pas compris qui j'étais, c'est ça?, demanda-t-elle.

— Non, non, je crois que j'ai compris mais...

— Tu n'as pas d'argent?

Il n'avait pas d'argent avec lui, la mission de l'Unesco prenait tout en charge.

— Écoute, dit-elle, j'aurais dû t'en parler avant, mais j'ai plus ou moins cru que c'était arrangé. Quelqu'un peut-il payer pour toi?

Sans connaître encore les usages d'ici, il sentait qu'il aurait été inconvenant de parler de cette rencontre à ses hôtes de l'Unesco. En particulier à Marie-Alix, même si elle semblait toujours désireuse de son bien.

— Je ne sais pas si...

Soudain, son regard se posa sur sa grande malle.

Il avait apporté des cadeaux destinés aux personnes qu'il rencontrerait au cours de son séjour, tous les chefs kablunaks des différentes spécialités, comme l'ambassadeur de l'autre soir.

Il ouvrit la malle et contempla son contenu. Plusieurs sculptures d'animaux polaires en ivoire de morse ou en dent de narval, des toques en fourrure de renard des neiges, trois paires de bottes en peau de phoque et fourrure d'ours blanc.

— Choisis, lui dit-il.

Elle s'approcha doucement, pointant son joli nez comme un petit renard curieux et, à cet instant, il put voir l'esprit de la petite fille qui vivait encore en elle.

Il était assis sur un petit canapé dans le bureau de Marie-Alix, attendant qu'elle ait terminé de travailler pour le ramener à son hôtel. Il l'observait tandis qu'elle examinait des dossiers, tout en passant de brefs coups de téléphone. Il était impressionné par sa manière de décider rapidement dans tant de domaines mystérieux pour lui.

— ... non, son dossier n'est pas assez bon. Il doit le retravailler avant de le présenter... Pas question que le comité se serve sur nos frais de fonctionnement pour des mondanités, ils n'ont qu'à se trouver un sponsor !... Oui, on est d'accord pour le partenariat, mais il faut que ça repasse en commission...

De temps en temps, on frappait à la porte et l'un des deux jeunes Kablunaks qui travaillaient dans le bureau voisin entrait pour lui demander son avis sur un autre sujet mystérieux. À la manière dont Marie-Alix leur parlait, il était clair qu'elle était leur chef, et il était à chaque fois surpris de voir une femme commander à deux jeunes hommes vigoureux dont au moins un aurait pu être un bon chasseur.

— Ulik, je n'en ai plus que pour cinq minutes et on y va.

Il pensa qu'il avait bien de la chance de se trouver pourvu d'une telle accompagnatrice. Marie-Alix avait de beaux yeux bleu clair et, bien qu'elle eût plus de quarante ans, ce qui est assez vieux pour une femme en pays inuk, elle ressemblait encore à une jeune femme. Un aspect d'elle le gênait un peu toutefois : c'était la première fois qu'il se trouvait en compagnie d'une femme plus grande que lui, alors qu'il avait l'habitude d'être le plus grand de sa tribu. Tout chez elle lui paraissait un peu étrange et assez merveilleux : ses cheveux, sa peau rose, ses mains fines et douces et ses petits rires étouffés. Il savait qu'elle avait un petit garçon de dix ans et une fille, plus grande, de dix-sept, et que son mari était parti (où ? il n'avait pas compris). On l'avait choisie pour l'accompagner parce qu'elle était considérée ici comme une grande spécialiste des Inuits. Elle lui avait raconté qu'elle avait fait plusieurs séjours chez les Uktus de Black River, et aussi en pays yupik, et même chez les Tchouks, que les gens confondent souvent avec les Inuits, ce qui est une pitié.

Ils avaient passé la journée ensemble. Rendez-vous avec des officiels variés, déjeuner avec deux autres spécialistes de la civilisation des Inuits, puis réception dans les salons d'un grand hôtel où il avait dû écouter beaucoup de discours de bienvenue et en faire un lui-même.

Il s'était servi comme introduction d'une fable de La Fontaine – *Le Rat des villes et le Rat des champs* – et tout le monde avait eu l'air à la fois enchanté et surpris de voir un Inuit maîtriser si bien leur langue.

— Mon cher Ulik, vous êtes le meilleur des ambassadeurs, lui avait dit Marie-Alix au moment où on leur servait du champagne.

Il n'avait pas osé dire qu'il ne s'était porté volontaire que pour avoir une chance de retrouver Navaranava. Mais, d'un autre côté, il était devenu ambassadeur, c'était vrai, et il se faisait un devoir de bien représenter sa tribu.

Le téléphone sonna à nouveau sur le bureau de Marie-Alix.

— Charles ?... Non, j'avais prévu d'être avec eux ce week-end... Écoute, cela fait au moins trois fois que tu changes de week-end au dernier moment...

Il comprit qu'il s'agissait de son mari et qu'ils se disputaient pour savoir avec lequel des deux parents les enfants passeraient le week-end. Les enfants devaient-ils donc éviter de passer le week-end avec leur père et leur mère ensemble ? Était-ce un interdit kablunak, comme pour les Inuits celui de ne jamais nommer les morts ?

— Quel abruti, s'écria Marie-Alix à destination d'un conducteur qui avait tenté de lui couper la route. Pendant un instant, son joli visage fut le masque même de la colère.

Elle lui avait proposé de le raccompagner à son hôtel, et voilà qu'il était à ses côtés tandis qu'elle conduisait sa petite voiture au milieu de la foule des autres, avec une habileté qui l'impressionnait. Mais, bien sûr, il n'en laissa rien paraître, car montrer de l'étonnement lui semblait peu compatible avec la dignité d'un fier Inuk. Et puis il avait déjà vu des motoneiges autour de la base pétrolière, et la voiture n'en était qu'une sorte de variation. Par ailleurs, les manières de vivre des Kablunaks recelaient des nouveautés beaucoup plus radicales pour lui que leurs machines.

La grosse voiture que Marie-Alix avait réussi à dépasser les rattrapa un peu plus loin et s'immobilisa devant eux. Marie-Alix voulut déboîter, mais c'était impossible : ils étaient bloqués dans l'embouteillage. La portière de la grosse voiture s'ouvrit et un homme également volumineux en descendit. Il commença à crier.

— Non mais, pour qui tu te prends ? Non mais, t'as vu comment tu conduis ?

Ulik demanda à Marie-Alix si elle connaissait cet homme qui la tutoyait.

— Mais non. Zut, la barbe.

L'homme était arrivé tout près de sa portière et s'était mis à proférer ce qui sembla être à Ulik des insultes, en tout cas il n'avait jamais lu aucun de ces mots dans La Fontaine ou d'autres auteurs de son enfance. Derrière eux, les klaxons des autres voitures se déchaînaient.

— Il faut qu'il arrête, dit-il.

— Ne bougez pas, Ulik, ça ne sert à rien.

Mais il était impossible de laisser humilier une femme, c'était une grave cause de déshonneur. Il sortit de la voiture.

Ulik était grand pour un Inuk, ce qui voulait dire de taille moyenne, et plutôt mince, même si on pouvait remarquer que ses épaules étaient larges.

— Oh, toi le jaune, tu ferais mieux de te tenir tranquille, dit l'homme. Tu vas pas m'embêter longtemps !

C'était une mauvaise évaluation.

Quand Ulik revint s'asseoir aux côtés de Marie-Alix, elle semblait être devenue muette. Ils virent l'homme se relever en titubant, remonter dans sa voiture et démarrer sous les huées des klaxons.

— Mon Dieu, dit-elle, s'il vous était arrivé quelque chose...

Puis, soudain, presque joyeuse :

— Bon sang, ce que vous lui avez mis !

Mais elle reprit aussitôt d'un air grave :

— Ulik, il ne faut jamais recommencer ça. Surtout, il ne faut jamais vous battre ici.

— Même pour défendre une femme ?

— Oh, mais je ne risquais rien, la portière était verrouillée.

Mais l'honneur, pensa-t-il, son honneur à lui, son honneur à elle ? Décidément, il avait encore beaucoup à apprendre sur les manières d'ici.

Quand la voiture s'arrêta devant l'entrée de l'hôtel, elle se tourna vers lui.

— Bon, je repasse vous prendre demain matin.

Il regarda le portier en uniforme qui s'approchait de la voiture en pensant à la nouvelle nuit de solitude qui s'annonçait.

— Ulik, quelque chose ne va pas ?

Elle l'avait deviné. Sous son doux regard, il se sentit nu soudain devant elle, comme un petit enfant qui ne peut rien cacher. Il s'entendit murmurer :

— Non, non tout va bien.

Mais elle ne le croyait pas.

— Quelque chose s'est mal passé à l'hôtel ?

Il balbutia :

— Je ne suis pas habitué... à demeurer seul.

Il vit les yeux de Marie-Alix s'agrandir de surprise.

— Mais bien sûr ! J'aurais dû y penser ! Là-bas, vous n'êtes jamais seul.

— Non.

— C'est pour cela que vous m'avez appelée cette nuit ?

Il se sentit rougir. Quelle honte de se révéler ainsi devant une femme ! Il se ressaisit et lui expliqua que tout irait bien ce soir. (Peut-être pourrait-il faire appeler la jeune femme de la nuit précédente ?) Mais Marie-Alix ne semblait pas le croire.

— J'ai l'impression que vous êtes malheureux de vous retrouver ici. Que c'est une épreuve.

— Oui, mais je peux l'endurer.

Elle rit, et un instant il crut que c'était pour se moquer.

— Mais je n'en doute pas ! Ulik, pourquoi supporter une épreuve inutile, en fait juste une erreur de notre part. Nous aurions dû y penser...

Elle se mit à réfléchir tandis que le portier attendait, prêt à ouvrir la portière.

— Je pourrais vous emmener à l'ambassade, ils ont des chambres pour le personnel... Mais cela va faire des histoires avec l'Unesco. Et puis vous risquez d'être aussi seul...

Elle regarda sa montre.

— ...il est un peu tard pour l'organiser.

Elle se tut, puis le regarda.

— Mon cher Ulik, il y aurait une autre solution. Enfin si vous l'acceptez...

De l'autre côté de la cloison, il entendit Juliette, dix-sept ans, la fille de Marie-Alix, se retourner dans son lit. Puis des pas légers – Thomas sans doute – qui se dirigeaient vers la cuisine et le bruit de la porte du frigidaire. Ailleurs, dans l'appartement, une porte se referma.

Dans la pénombre, il distinguait sur le mur en face de son lit le portrait d'un jeune homme rieur aux yeux très clairs, debout devant un petit avion à hélice. Le grand-père de Marie-Alix, un pilote, lui avait-elle expliqué, qui avait disparu avec son avion lors d'une grande guerre entre Kablunaks.

Il avait aussi admiré les photos des enfants à différents âges, souvent avec leur mère, sans oser demander pourquoi on ne voyait jamais leur père qui était « parti » se souvenait-il. Il devait donc être parti pour de bon.

Il s'assit dans son lit, soudain mal à l'aise. Chez son peuple, jamais on n'aurait autorisé un étranger à dormir dans un igloo sans hommes, à moins que ce ne soit pour le laisser avec une femme de la tribu prêtée pour son séjour

Il entendit Thomas revenir de la cuisine. Les pas s'arrêtèrent près de sa porte.

— Ulik ?

— Oui.

— Tu ne dors pas ?

— Non.

La porte fut doucement poussée, et Thomas s'avança à petits pas timides. Il avait dix ans, et une manière de rester immobile, silencieux, qui était surprenante pour un enfant de son âge. À la manière dont Marie-Alix le regardait, Ulik avait compris qu'elle se faisait du souci pour Thomas. Il n'avait pas l'habitude des enfants kablunaks, mais il avait senti que Thomas avait quelque chose de spécial. Il restait là, debout près du lit, sans rien dire.

— Thomas, ta maman veut sûrement que tu ailles dormir.

— J'ai déjà dormi.

— Oui, mais la nuit n'est pas finie.

— Toi, tu ne dors pas.

— Oui, mais moi je n'ai pas école demain.

— Demain, tu passes à la télé.

Apparemment tout le monde semblait très excité à l'idée qu'il passerait le lendemain à la télévision. Il ne savait trop qu'en penser.

— Ulik ?

— Oui.

— Raconte-moi encore l'histoire de la chasse à l'ours blanc.

Thomas semblait ne pas se lasser de ce récit. Au dîner, il avait remarqué que Juliette, sa sœur, l'avait écouté raconter l'histoire de l'ours mais avait vite voulu savoir comment on s'y prenait pour coudre des peaux ensemble, et avait été intéressée d'apprendre que pour le haut des bottes, la peau de l'ours est à l'extérieur, que l'intérieur est souvent doublé en peau de lièvre et que, bien sûr, les femmes doivent mâcher les peaux pour les assouplir.

Il raconta à nouveau la chasse à l'ours avec ses grands moments : la course des chiens, l'ours qui ondule au loin sur la neige, puis le moment terrible où il faut sans faillir enfoncer sa lance dans le monstre qui s'avance sur vous. Thomas lui demanda :

— Et tu en as déjà tué toi-même ?

C'était la première fois que Thomas lui posait directement la question.

— Oui.

— Combien de fois ?

— Deux fois.

C'était ainsi qu'il avait offensé l'esprit de Nanook. Lorsqu'on tue un ours, on considère qu'on n'a pu le faire que parce que l'esprit de Nanook a bien voulu se donner dans cet ours, alors, en signe de respect, on observe un deuil et personne ne part plus chasser l'ours avant plusieurs jours. Mais, le lendemain de la première chasse, il avait découvert que ses deux chiens préférés avaient été massacrés par un ours inconnu pendant la nuit. Alors, fou de rage, il était parti à sa poursuite et l'avait tué.

— Et il y a eu une malédiction ?

— Peut-être. En tout cas personne n'a apprécié.

Et Navaranava a cessé de m'être promise, pensa-t-il. Mais il se sentait gêné d'évoquer cela avec

Thomas. Les enfants doivent apprendre leur religion et ne pas s'embrouiller l'esprit avec celle des autres peuples, comme cela était arrivé aux Inuits du Sud quand les pasteurs et les prêtres étaient arrivés.

Thomas se leva, vint l'embrasser sur la joue et repartit vers sa chambre. De l'autre côté de la cloison, il entendit Juliette remuer à nouveau. Puis ce fut le silence. La chambre de Marie-Alix se trouvait plus loin, après un tournant du couloir.

Il se sentait bien. En se concentrant, il arrivait même à deviner le bruit de leurs respirations à tous les trois, au-delà des portes entrouvertes. C'était le souffle de la vie, l'inverse de la solitude où, tel un mort dans sa tombe, on n'entend plus que les craquements de ses os.

Quel étonnement de se sentir l'unique homme dans ce foyer endormi ! Sans lui, ils auraient passé la soirée ainsi, comme toutes les autres soirées avant son arrivée, sans un homme qui revient raconter sa journée de chasse, qui montre aux petits garçons comment devenir un vrai Inuk, qui vient plus tard retrouver sa femme dans la chaleur de la couche. D'une certaine manière, Marie-Alix se retrouvait aussi seule que lui-même la veille dans sa chambre d'hôtel. Il l'admira de pouvoir supporter cela sans peur apparente, et même en se montrant toujours gaie dans la journée.

Sans s'en rendre compte, il commença à faire mentalement le parcours qui lui permettrait de rejoindre sa chambre. Mais ne serait-ce pas offensant ? Il ne connaissait pas les usages d'ici. Peut-être, par ses sourires, lui avait-elle déjà signifié son consentement ?

Dans ce cas, l'offense aurait été de ne pas la rejoindre. Il repensa à sa peau rose, à ses sourires, à sa manière décidée de conduire sa petite voiture.

Mais il s'endormit, et son rêve l'emporta bientôt en pays inuk.

— Je vais seulement vous poser quelques questions sur la vie de votre tribu, d'accord ? Et aussi sur vos premières impressions en arrivant ici.

Le présentateur avait un visage assez dur et très régulier, avec des yeux un peu enfoncés de chasseur. Il paraissait jeune, mais en le regardant mieux, Ulik vit que ses cheveux étaient arrangés avec soin pour cacher qu'il les perdait, comme la plupart des vieux Kablunaks. À ses mains, il réalisa qu'il avait au moins deux fois son âge à lui, Ulik, ce qui était après tout normal pour un grand chef. C'était une chose qui l'avait frappé depuis son arrivée : non seulement les femmes essayaient de paraître plus jeunes – en cela elles ne se distinguaient en rien des femmes des Inuits et sans doute de toutes les autres femmes du monde – mais les hommes également cherchaient à garder une apparence juvénile, et cela le déconcertait. La valeur d'un homme se montre dans ses actions, pas dans la fraîcheur de son teint ! Mais il est vrai que comme ces gens ne chassaient plus, ils avaient sans doute perdu le sens de ce qui était essentiel.

— Bon, dit le présentateur, vous verrez, la télévision c'est très simple. Restez juste naturel.

Il avait déjà regardé la télévision dans sa chambre d'hôtel, et cela lui avait paru une invention kablunak presque aussi dangereuse que l'alcool : comme pour l'alcool, dès qu'on avait commencé, il était difficile de s'arrêter. Très vite, il avait décidé de ne plus jamais l'allumer, autrement il aurait veillé toute la nuit, hypnotisé par l'écran, passant d'une chaîne à l'autre et essayant de reconnaître très vite les histoires vraies de celles qui étaient jouées par des acteurs. Comme l'alcool, la télévision semblait avoir été inventée pour supporter la solitude – une sorte de médicament.

Et puis il se retrouva assis derrière une grande table en forme d'os de seiche, sous la lumière de petits projecteurs qui brillaient comme le soleil, à côté du présentateur qui parlait tout seul en direction d'une caméra.

– Nous avons avec nous sur ce plateau un invité qui vient de loin, très loin, et qui pour la première fois découvre notre monde. Lui et sa tribu ont été déclarés Patrimoine mondial de l'humanité. (Il se tourna vers Ulik.) Alors, Ulik, quel effet cela fait-il de se retrouver Patrimoine mondial de l'humanité ?

Il se sentit paralysé. Que répondre à ça ? Il voyait le regard du présentateur qui le scrutait, avec une légère impatience.

— Cela dépend... commença-t-il.

— De quoi ?

— Cela... me fait plaisir de savoir que l'humanité nous... aime bien.

Il n'arrivait pas à dire ce qu'il voulait et se sentait ridicule. Le présentateur enchaîna aussitôt :

— Et d'ailleurs pour que nous comprenions bien le sens de votre voyage, je vous propose de regarder un reportage sur la tribu d'où vous venez.

Aussitôt sur l'écran on vit la banquise qui défilait, filmée depuis un hélicoptère et éclairée par un soleil rasant, puis, ô stupeur, il reconnut la falaise d'Iloolik et la base des Kablunaks, constellation de tentes rouges sur la neige, et plus loin les igloos de sa tribu. « Au nord du cercle polaire, disait le commentaire, se trouvent réunies deux communautés humaines, le dernier village d'Inuits nomades qui vit encore à l'âge de pierre et une nouvelle base de recherche pétrolière qui utilise les techniques les plus modernes... » Apparut un traîneau tiré par des chiens, mené par un des Inuits, le fouet à la main : il reconnut ce vantard de Kuristivocq, qui souriait en passant devant la caméra. Puis le chef, devant un igloo, en compagnie de Quananvissajaq, un des Inuits du Sud amenés par les Kablunaks pour servir d'interprète. « Comment la base a-t-elle changé la vie du village ? » demandait le reporter. Le chef répondit et Quananvissajaq traduisit aussitôt : « Nous nous entendons très bien, chacun fait ce qui lui plaît. » Puis on vit des hommes de la compagnie pétrolière en train de prendre des mesures sur une colline parsemée de pierres, l'intérieur d'une tente pleine de matériel moderne où les hommes souriaient dans leurs combinaisons polaires, puis la vision de l'intérieur d'un igloo – Ulik sentit la honte lui monter au visage car, comparé à la tente, l'igloo paraissait sombre, sale et enfumé – puis des petits enfants inuits accourant sur la neige vers la caméra et tendant leurs mains en souriant – nouvelle bouffée de honte – puis le barbu responsable de la mission qui expliquait qu'eux, les Blancs, arrivaient à survivre grâce à un matériel moderne, mais que les Inuits affrontaient ce monde depuis des millénaires par leurs propres moyens. Puis, à nouveau, une séquence de chasseurs inuits filant en traîneaux et excitant les

chiens de la voix. Et soudain le visage de Navaranava, encadré de fourrure, belle et mystérieuse comme une déesse, qui regardait pensivement l'horizon. Ô Navaranava – il sentit son cœur se tordre – pourquoi n'es-tu pas avec moi ?

— Ulik ?

Il sursauta. L'autre avait dû lui poser une question.

— Après quelques jours ici, quel effet cela vous fait-il de revoir votre village ?

Que répondre encore ? Qu'il aurait souhaité y revenir ? Mais il ne voulait pas vexer ses hôtes, Marie-Alix, la dame de l'Unesco...

— Cela... cela me fait chaud au cœur. De voir qu'ils vont bien.

C'était terriblement banal. Que dire d'autre ? Révéler ce que le chef avait vraiment répondu tout à l'heure et que l'interprète Quananvissajaq n'avait pas osé traduire. Le chef avait dit : « Depuis que les Kablunaks se sont installés, les Inuits ont des envies de paresse. »

— Et depuis que vous êtes là, continuait l'autre, qu'est-ce qui vous a le plus frappé chez nous, dans notre manière de vivre ?

Il sentit son esprit vide, puis, soudain il lui vint :

— Les spécialités.

— Les spécialistes ?

— Oui, chez nous, tous les hommes sont chasseurs. Ici les hommes ont quantité de métiers différents, très nombreux. Quand je rencontre quelqu'un, je ne comprends pas quel est son métier.

— C'est bien vrai, cher Ulik ! Et les femmes, que font-elles chez vous ?

— Chez nous les femmes élèvent les enfants, mâchent les peaux et s'occupent des affaires de leur mari quand il part à la chasse.

Le présentateur sourit.

— Eh bien, si vous êtes encore là, c'est que ce système ne marche pas si mal dans votre environnement ! Merci, cher Ulik, d'être venu nous rejoindre, rappelons que vous êtes venu ici pour représenter votre tribu, classée Patrimoine mondial de l'humanité par l'Unesco...

Ulik venait de se rendre compte qu'il avait oublié l'essentiel. Il représentait sa tribu, il devait se montrer intelligent.

— Je voulais dire autre chose, dit-il.

Le présentateur marqua un soupçon de contrariété, mais il lui était impossible de rabrouer un gentil représentant des Inuits devant des millions de téléspectateurs.

— Entendu, mais brièvement, car le temps nous est compté !

— Depuis que je suis ici deux choses complètement opposées m'ont frappé.

— Quoi donc ?

— Eh bien, vous êtes tellement nombreux – j'ai rencontré plus de gens en une semaine que dans toute ma vie – vous faites sans cesse de grandes réunions où tout le monde se rassemble, mais en même temps, vous pouvez supporter de vous retrouver tout seul dans une chambre...

— C'est très intéressant, merci, Ulik de vos remarques. Et maintenant la suite de l'actualité...

Le visage du présentateur occupa à nouveau tout

l'écran, pendant qu'on faisait signe à Ulik de se lever et de rejoindre les coulisses.

Il se leva, honteux. Il avait l'impression de n'avoir pas su s'expliquer, d'avoir été importun en restant trop longtemps et, pire que tout, d'avoir mal représenté son peuple.

Tout le monde l'accueillit en souriant. Il se retrouva assis face à la glace tandis que la maquilleuse ramenait son visage à son état originel à coups de petites caresses humides. Marie-Alix vint s'asseoir près de lui et ils se regardaient dans le miroir.

— Vous avez été très bon, lui dit-elle en souriant.

— Non. J'ai honte.

Elle posa sa main sur son bras et il sentit une douce chaleur calmer un peu la douleur de son cœur.

— Ulik, vous n'avez pas à avoir honte. Ce que vous avez dit sur les métiers était très intéressant.

— Mais il a souri !

Marie-Alix eut l'air embarrassé.

— Parce que... c'est un peu surprenant pour nous... le rôle des femmes. Ici, ce n'est pas pareil.

— Je le sais bien ! Là j'ai eu l'air de l'idiot qui ne comprend rien.

En plus, il avait revu Navaranava ! Tout le monde allait la courtiser en son absence, en particulier Kuristivocq le vantard. Quelle folie d'être parti ! Il aurait voulu pouvoir faire appel à tous les esprits du Nord et se retrouver aussitôt sur la neige, en train de courir vers son aimée. Mais non, il était là, grotesque avec sa petite serviette autour du cou tandis qu'une femme lui essuyait le visage comme à un enfant.

Même le regard plein de compassion de Marie-Alix l'accablait, lui rappelant combien il devait apparaître faible et désemparé.

Soudain, ils entendirent deux femmes se disputer dans le couloir :

— Vous auriez dû le briefer avant !

— Mais il n'était pas prévu de citer votre compagnie. C'est l'Unesco qui...

— Bon sang, vous savez combien nous avons investi dans ce programme de sauvegarde ?

— Ce n'est pas une émission publicitaire.

— Ah oui ? La pureté de l'information, c'est ça ? On s'en souviendra quand il faudra décider de notre budget pub !

Il avait reconnu la voix de Florence, une des collaboratrices du grand chef de la compagnie pétrolière (« dircom », avait-il compris) et aussi amie de Marie-Alix. Voilà que des gens se disputaient à son propos, en plus de toutes les calamités qui s'abattaient sur lui. Il vit que Marie-Alix avait entendu, elle aussi. La maquilleuse venant de lui retirer la serviette, il se leva d'un bond. Il voulait partir, fuir cet endroit, le lieu de son humiliation. Tandis que des larmes de rage lui montaient aux yeux, des personnes entrèrent dans la pièce pour lui parler, le féliciter. Mais Marie-Alix les écarta et l'entraîna derrière elle.

— Désolé, dit-elle, nous avons un autre rendez-vous !

Ils se retrouvèrent dans sa petite voiture au milieu de la circulation, à une allure encore plus vive que d'habitude. Elle voulait le ramener à l'abri, elle comprenait tout. Mais, pour la première fois, il eut envie de se retrouver seul. Il ne voulait pas sentir sa compassion – une humiliation de plus – et aurait préféré qu'elle le ramène à l'hôtel, où il aurait pu abriter sa honte dans la solitude de sa chambre, commander du Polar Bear et faire venir la jolie Kablunak aux boucles d'oreilles pour se sentir à nouveau un homme. Mais comment faire comprendre cela à Marie-Alix ?

Il n'avait toujours pas trouvé comment le lui dire quand ils entrèrent dans l'appartement, ni quand elle referma la porte derrière eux, ni quand elle se tourna vers lui et l'embrassa, ni quand ils se retrouvèrent dans sa chambre, ni quand il la sentit toute nue et palpitante contre lui – mais là, il n'avait plus envie de lui dire qu'il voulait se retrouver seul.

Ulik et Marie-Alix dorment, l'un contre l'autre.

Marie-Alix est sur le dos, nue, le drap froissé en travers de ses hanches, comme une statue pudique. Son sourire rêveur, ses petits seins plats, ses longs cils sur ses paupières fermées, le bonheur enfin, lui donnent aujourd'hui l'apparence d'une jeune fille. Pour la première fois depuis longtemps, elle se retrouve nue près d'un homme. Elle rêve qu'elle est heureuse.

Ulik est couché sur le ventre. Son dos massif bombe comme une échine sur le lit, comme si l'esprit d'une bête était encore en lui. Son bras est étendu en travers du ventre pâle de Marie-Alix. Il rêve au pays inuk.

Le bruit de quelqu'un qui entrait dans l'appartement le réveilla. Il s'aperçut soudain qu'il était nu, seul, dans le grand lit de Marie-Alix. Il bondit sur ses pieds.

Il entendit des pas s'approcher de la porte entrebâillée :

— Maman ?

La voix de Juliette. Figé, il ne savait plus que faire. Parler et révéler sa présence ? Ne rien dire ? Mais elle l'avait peut-être déjà entendu. Où était Marie-Alix ? Repartie au travail, sans doute.

— Ulik ?

Il eut juste le temps de s'envelopper du drap, quand Juliette apparut, curieuse, inquiète, telle une jolie petite loutre qui sait déjà pêcher toute seule.

— Je... j'allais prendre un bain, dit-il en désignant la porte de la salle de bains.

Elle sourit.

— Mais la baignoire n'est pas là !

C'était vrai, la plus grande des salles de bains se trouvait à l'autre bout de l'appartement.

Soudain, il vit le regard de Juliette s'arrêter sur ses vêtements épars sur la moquette, le désordre des draps froissés et la rougeur monter sur son charmant visage, en même temps qu'il sentait la chaleur envahir ses propres joues. Elle fit volte-face et s'enfuit vers sa chambre. Il entendit la porte claquer.

Il se sentait désolé. Cela n'était pas prévu. Juliette n'aurait pas dû rentrer du lycée aussi tôt. Marie-Alix aurait dû le réveiller avant de partir. Et il ne savait pas du tout quelles étaient les convenances en pareille circonstance.

Il n'avait pas demandé la permission au mari de Marie-Alix de s'approcher d'elle comme il l'aurait fait dans son pays. Mais celui-ci n'était peut-être plus son mari, elle n'avait pas été tout à fait claire sur ce point. Par ailleurs, il savait que Juliette et Thomas continuaient de voir leur père. Peut-être Juliette avait-elle pensé que lui, Ulik, allait être le nouveau mari de leur mère ? Car chez son peuple il n'y avait pas d'autres cérémonies que l'accord des familles et se retrouver ensuite ensemble sous le même toit.

Mais il ne pouvait pas être le nouveau mari de Marie-Alix, il voulait revenir en pays inuk. En même temps, quand il repensait à elle, nue contre lui, à ses petits soupirs discrets quand il lui faisait l'amour (rien à voir avec la jeune femme rencontrée à l'hôtel) il se sentait ému, heureux et fier aussi d'avoir pénétré une femme aussi précieuse et intéressante.

Parvenu à la salle de bains, il commença pour de bon à se faire couler un bain, et se mit à songer en regardant l'eau chaude tourbillonner. Un petit canard en plastique glissa du bord de la baignoire, flotta un instant, disparut sous la cataracte jaillissant des robinets, refit surface un peu plus loin pour revenir s'immerger à nouveau dans le tourbillon.

C'était comme si un esprit avait voulu lui montrer ce qu'il était devenu. Tel je suis, pensa-t-il, aussi peu maître de mon destin en ces terres étrangères que ce petit canard ballotté au gré des flots.

— Nous sommes invités, dit Marie-Alix.

— Nous ?

— Oui, vous et moi. Je suis votre accompagnatrice, après tout.

Elle lui sourit par-dessus son bol de café et lui tendit le carton.

Celui-ci était orné de la silhouette d'un renne, ou en tout cas d'un animal qui lui ressemblait beaucoup. Il était écrit un peu plus bas que le Président – celui de la compagnie qui avait installé la base pétrolière – serait heureux de leur présence au dîner de l'équipage.

— Il a envie de vous mettre dans sa poche, dit Marie-Alix.

— Pardon ?

— Il a envie... de vous plaire, que vous soyez de son côté.

— Pourquoi ?

— Pour l'image de son entreprise. Vous savez, Ulik, les compagnies pétrolières ne sont pas très bien vues, ici. En revanche, les Inuits, on les trouve sympathiques. C'est pour cela que la compagnie a autant donné à l'Unesco pour protéger votre tribu. Ils vont installer une école, un dispensaire, etc.

Ulik réfléchissait. Tout ce qui allait être fait pour protéger sa tribu lui paraissait la menacer au contraire. Il se souvenait des vraies paroles du chef à la télévision. Les Kablunaks étaient bien intentionnés, mais ils se comportaient comme l'ours de la fable, *L'Ours et l'Amateur de jardin*, qui tue son maître en voulant le protéger d'une mouche.

Marie-Alix regardait à nouveau le carton.

— En fait, nous pouvons suivre la chasse et, le soir, réception, puis dîner.

— C'est une chasse ?

Une onde d'excitation le parcourut. Enfin un événement passionnant. Avec les femmes, la chasse était l'autre élément important de la vie d'un vrai Inuk. Le Président était un homme très habile.

— Oui, on chasse le genre d'animal que vous voyez dessiné là.

— Avec des fusils ?

— Non, c'est une chasse à courre. Avec des chiens et des chevaux. Oh, dites donc, cela a l'air de vous plaire beaucoup, continua-t-elle en riant.

C'était étrange, ils se parlaient exactement comme avant, se vouvoyaient, comme s'ils ne s'étaient pas retrouvés déjà plusieurs fois dans un lit. La veille, Marie-Alix était rentrée très tard – un dîner professionnel, avait-elle expliqué – et puis ils s'étaient très vite retrouvés en pleine fureur amoureuse sans avoir échangé plus de quelques mots. Était-il normal qu'une femme kablunak ne parle jamais d'amour ?

D'après ce qu'il avait vu la veille à la télévision, cela semblait pourtant une de leurs habitudes.

En attendant son retour, il avait regardé une longue scène où une femme très bien coiffée expliquait à un homme grisonnant qu'elle voulait savoir « où ils allaient » alors qu'ils restaient toujours à tourner en rond dans la même pièce. Puis il avait compris qu'elle voulait faire parler l'homme de leur relation. Puis il zappa – salves affolantes de publicité et de clips musicaux où l'on croisait les regards chaleureux de très jeunes filles à demi dénudées qui semblaient en être aux premières phases de l'exaltation érotique – et tomba sur une émission où plusieurs jeunes femmes racontaient leur manière de tomber amoureuse et décrivaient le type d'homme qu'elles espéraient. Il remarqua que presque toutes le souhaitait « sportif ». Cela le rassura. Sportif, il pouvait considérer qu'il l'était. Ce devait être l'équivalent ici de « bon chasseur ». Leur homme, elles le voulaient aussi « avec de l'humour », « avec du caractère » et qu'il soit « compréhensif ». Du caractère, il savait qu'il n'en était pas dépourvu, c'est ce qui lui avait permis de survivre en tant qu'orphelin. Il était moins sûr de l'humour... Il parvenait certes à faire rire Marie-Alix, mais parfois sans le faire exprès. Quant à être compréhensif, il ne savait pas si cela désignait la capacité à comprendre en général – et dans ce cas depuis son arrivée, il ne se sentait guère compréhensif – ou simplement à deviner les envies et les sentiments des femmes. Mais, même là, il se sentait bien dépourvu, s'étant mépris d'abord sur les intentions de la jeune femme de l'hôtel et n'ayant perçu qu'au dernier moment le penchant de Marie-Alix pour lui. Mais, bien sûr, il pouvait faire des progrès – c'était comme devenir un bon chasseur qui comprend peu à peu les habitudes et les réactions du gibier – néanmoins il manquait de modèles à observer comme lorsqu'il était un enfant au village.

Ces femmes semblaient heureuses de passer à la télévision pour expliquer ce qu'elles attendaient d'un homme, ce qui révélait pourtant qu'elles étaient seules. Comment ne se sentaient-elles pas tristes ou honteuses, car en pays inuk leur solitude aurait signifié qu'elles avaient une infirmité, mauvais caractère, ou qu'elles étaient incapables de s'occuper d'un mari ? Mais peut-être la joie de passer à la télévision masquait-elle leur tristesse ? Ou devinaient-elles qu'elles auraient plus de chance d'attirer des hommes en se montrant souriantes ? Car il avait compris aussi que toute personne qui regardait l'émission pouvait téléphoner pour entrer en contact avec elles. Une petite blonde un peu potelée lui parut particulièrement intéressante. Elle disait aimer « la nature, le grand air, les balades, voyager à l'étranger ». Tout cela laissait penser qu'elle ne serait pas hostile à un séjour en pays inuk. Il joua un instant avec l'idée de l'appeler, mais avec Marie-Alix ici et Navaranava là-bas, il savait que ce n'était pas réaliste. Son orgie de télévision avait été interrompue par Thomas qui, de retour de l'école, lui avait aussitôt demandé de raconter à nouveau l'histoire de la chasse à l'ours blanc. Il commençait à comprendre le problème de Thomas : quand il s'intéressait à un sujet, le petit garçon était prêt à le ressasser inlassablement. Lui se sentait un peu fatigué de raconter cette histoire, d'autant plus qu'à force de la répéter il craignait de réveiller l'esprit de Nanook qu'il avait offensé, mais Thomas ne percevait pas du tout sa réticence. De même, la veille, Thomas lui avait parlé longuement d'astronomie, une de ses passions, et s'était mis à lui énumérer les distances entre la terre et les étoiles. À part ça, c'était un gentil petit, mais il ne faisait pas assez attention à ce qui l'entourait pour devenir un bon chasseur. Il est vrai qu'il n'en aurait nul besoin.

— À cette chasse, est-ce que je pourrai monter à cheval ? demanda-t-il à Marie-Alix alors qu'ils buvaient leur café matinal.

Il avait déjà vu des cavaliers et leurs chevaux en photo, et cela ne lui paraissait pas si difficile.

— Mais, Ulik, vous ne l'avez jamais fait !

— Non, mais j'ai déjà conduit des chiens. Je peux bien essayer avec un cheval. Je pourrai m'y habituer un peu avant la chasse.

Marie-Alix hésitait, et en même temps il sentait que son envie de monter à cheval lui faisait plaisir. Elle semblait heureuse chaque fois qu'il avait l'air heureux. C'est l'amour, pensa-t-il soudain avec un petit choc.

À ce moment-là, Juliette entra dans la cuisine, l'air maussade et mal réveillée. Il évita de la regarder, non pas simplement à cause de ce qu'elle avait découvert la veille, mais parce qu'il la trouvait un peu trop jolie, et de plus parce que ce matin son corps lui paraissait un peu trop visible sous le mince coton qu'elle portait pour la nuit. Avait-elle parlé à sa mère ? Lui n'avait rien dit à Marie-Alix de leur rencontre dans sa chambre, et il se rendait compte maintenant que c'était une erreur.

Juliette s'assit et leur adressa un bref regard qu'on aurait pu qualifier de sournois.

— Bien dormi ? demanda-t-elle.

La question semblait s'adresser aux deux en même temps.

— Très bien, et toi ?

— Oh, ça va.

Elle se versa du café, du lait, et commença à boire en tenant son bol à deux mains comme s'il était trop lourd pour elle en ce matin difficile. Elle regarda Ulik droit dans les yeux pendant tout le temps qu'elle but. Il détourna le regard.

— Allez-vous rester ici ? demanda-t-elle brusquement.

— Rester ici ? Heu, je ne sais pas...

— Ulik est notre invité, Juliette.

— Notre invité ou ton invité ?

— Juliette !

Marie-Alix pâlit.

— Juliette, si tu as quelque chose à me dire, ce n'est pas la peine de gâcher le petit-déjeuner de tout le monde. On se parlera tout à l'heure.

Juliette grommela.

— Le protocole, toujours le protocole.

— Parfaitement. Et ne mets pas trop de lait dans ton café, tu sais bien qu'après tu ne le digères pas.

Juliette continua ostensiblement de verser du lait dans son bol. À cet instant, Thomas arriva dans la cuisine et embrassa tout le monde tour à tour.

— Bonjour maman, bonjour Ulik, bonjour Juliette.

Même quelqu'un d'aussi centré sur son monde intérieur que Thomas les trouva tous un peu raides. Il s'assit et les regarda.

— Qu'y a-t-il ? J'ai fait quelque chose ?...

— Non, tout va bien, Thomas.

— Ah bon !

Il commença à beurrer méthodiquement une tartine. Tout le monde l'observait pour éviter de se regarder.

— Ulik, tu me racontes l'histoire de l'ours ?

Et Ulik, cette fois, fut très content de la raconter à nouveau.

— Mon petit cadeau du Nord, disait-elle en lui caressant la joue.

Les enfants étaient partis au lycée. À nouveau, ils se retrouvaient au lit allongés l'un contre l'autre. Il voyait de tout près son regard bleu, l'éclat de ses dents entre ses lèvres roses quand elle lui murmurait des mots tendres. Rose, blanc, bleu, c'était une nouvelle harmonie qu'il commençait à beaucoup apprécier. Elle continuait de murmurer :

— Mon petit cadeau du Nord ne sait pas trop quoi dire à une grande Kablunak un peu folle.

— Mon grand cadeau du Sud...

Elle rit.

— Si je comprends bien, nous avons juste procédé à un échange de cadeaux.

— C'est ainsi que cela doit être, dit-il. Pas de relations harmonieuses entre deux cultures sans échanges de cadeaux.

Elle rit encore puis se tut. Un léger nuage passa sur son visage.

— Un souci ? demanda-t-il.

— Juliette.

— Il faudrait que vous lui parliez.

— Et pour lui dire quoi ?

Il ne savait pas quoi répondre.

— Que... que je l'aime bien, que je ne lui ferai pas de mal.

Marie-Alix rit.

— Oh, mais je ne crois pas qu'elle ait peur de ça.

Il se rendait bien compte qu'il ne comprenait pas bien comment fonctionnait une famille kablunak.

— Alors, pourquoi n'a-t-elle pas l'air contente ?

Marie-Alix le regarda.

— Parce que... Oh, et puis ne vous inquiétez pas, ce n'est pas votre problème. Je lui parlerai, je ne l'ai pas assez vue ces derniers temps.

— Et son père ?

— Lui, il n'a rien à dire, ce connard ! s'exclama-t-elle en regardant le plafond.

Il n'avait jamais entendu ce mot, mais il sentait que ce n'était pas un compliment. Elle le regarda à nouveau.

— Petit cadeau du Nord, ne vous faites pas de souci pour Juliette, ni pour moi.

— Grand cadeau du Sud, je ne me fais pas de souci tant que je vous vois sourire.

Mais elle ne souriait plus. Elle se redressa en s'appuyant sur un coude – vision charmante de ses petits seins.

— Je me demande... ou plutôt je ne me demande pas si l'Unesco approuverait notre échange de cadeaux.

— Je suis Patrimoine mondial de l'humanité, quoi que je fasse, tout sera toujours considéré comme juste et bon.

Elle rit à nouveau.

— Le petit cadeau du Nord a vite compris le monde des Kablunaks. Mais c'est le grand cadeau du Sud qui pourrait se faire très mal juger.

— Le grand cadeau du Sud a pris dans ses filets un pauvre Inuit désorienté.

Elle sursauta.

— C'est... c'est comme ça que vous voyez les choses ?

— Mais non, Marie-Alix, je plaisantais.

— Excusez-moi, je suis idiote.

— Vous êtes toujours mon grand cadeau du Sud, dit-il en la prenant dans ses bras.

— Ah bon, j'aime mieux ça.

Il la tenait serrée contre lui et sentait sa joue contre son cou, si proche que sa voix en était étouffée. Il s'aperçut qu'elle pleurait.

— Marie-Alix ?

Elle renifla.

— Excusez-moi... je n'ai plus l'habitude.

Elle pleurait car cela faisait longtemps qu'un homme ne l'avait pas prise dans ses bras.

Et tandis qu'il sentait l'humidité de ses larmes contre son cou, il se demandait quel était ce monde de fous où l'on pouvait abandonner une telle femme à la solitude ?

Plus tard, pendant qu'elle s'était absentée pour faire quelques courses, le téléphone sonna. En l'absence de Marie-Alix, il avait l'habitude de laisser le répondeur se déclencher mais, mu par un réflexe, il décrocha sans réfléchir.

— Allô ?

C'était une voix d'homme.

Il se sentait déjà embarrassé, se demandant s'il ne valait pas mieux raccrocher sans rien dire. L'homme continua.

— Vous êtes Ulik ?

Il était très surpris. Personne n'était censé savoir qu'il passait du temps chez Marie-Alix.

— Oui.

— Ah, je suis le Docteur Hector.

— Le Docteur Hector ?

— Oui, je suis le psychiatre de Thomas. Et il me parle beaucoup de vous.

— C'est un gentil garçon.

— Oui, n'est-ce pas ? En fait, j'aimerais bien vous voir.

Le Docteur Hector paraissait plutôt jeune pour un médecin spécialiste. Il portait des lunettes cerclées et une petite moustache qu'il tortillait quand il réfléchissait. Pour vous parler, il s'asseyait à côté de son bureau afin de ne pas laisser d'obstacle entre vous et lui. Marie-Alix lui avait expliqué que parmi les médecins kablunaks, il y avait des spécialités supplémentaires et que celle du Docteur Hector était de s'occuper de l'esprit des gens. Ulik avait demandé si le Docteur Hector faisait appel aux esprits des ancêtres, à ceux des animaux ou à un dieu.

— Non. Certains font appel aux rêves. D'autres donnent des médicaments. D'autres vous aident à voir ce qu'il y a de faux dans votre raisonnement.

— Vous voulez dire que même parmi ces spécialistes, il y a encore des spécialités différentes.

— Oui.

— Mais comment sait-on quelle est la sorte de médecin des esprits qui vous convient ?

— Ce n'est pas si facile. Souvent on est obligé d'en essayer plusieurs. Mais de tous, c'est avec le Docteur Hector que Thomas s'est le mieux entendu.

Ulik comprit vite pourquoi : le Docteur Hector avait l'air de s'intéresser vraiment à ce qu'on lui racontait, il ne donnait pas l'impression de faire semblant d'être gentil, comme pas mal de gens qu'il avait rencontrés jusque-là.

En lui racontant comment il était arrivé dans ce pays, Ulik parcourut du regard la bibliothèque chargée de livres et remarqua quelques statuettes représentant des dieux ou des déesses mais qui ne semblaient ni inuit ni kablunak. Mais soudain, ô surprise, il reconnut entre deux livres une sculpture inuit, un ours de pierre en train de se transformer avec deux grandes ailes qui se déployaient derrière lui.

— Je l'ai rapportée du Québec, dit le Docteur Hector. Il y a un sculpteur dans votre tribu ?

Ulik répondit que oui, et il se promit d'apporter au Docteur Hector une sculpture en dent de narval.

— Voilà, dit le Docteur Hector, je ne sais pas si vous avez remarqué que Thomas est un enfant un peu particulier.

— Oui. Il fait attention à ce qu'il a en tête et il oublie ce qui se passe autour de lui...

— C'est une bonne définition.

— ... il a aussi tendance à aimer répéter les mêmes choses ou entendre répéter les mêmes choses. J'ai dû lui raconter la chasse à l'ours au moins six fois.

— Oui, et il me l'a racontée autant de fois, dit le Docteur Hector en souriant. Mais, si j'ai bien compris, vous chassez sans fusil ?

Ulik expliqua qu'en effet, sa tribu était la dernière au monde à ne pas se servir d'armes à feu. Pour lui c'était un motif de fierté, mais le Docteur Hector voulait en comprendre plus.

— Pourquoi vous, et pas les autres ?

— Parce que notre chef l'a décidé ainsi.

Quand il était jeune, leur chef avait vu tout ce qui était arrivé aux Inuits du Sud au contact des Kablunaks. Alors, il avait fait émigrer la tribu plus au nord pour ne pas dépendre d'eux pour quoi que ce soit et continuer de vivre comme les ancêtres.

— Il considère que si nous commençons à utiliser le fusil, c'est le début de la fin de notre culture.

— Je suppose qu'il y a des Napoléon partout dans le monde, même chez les Inuits, soupira le Docteur Hector.

Ulik savait que Napoléon avait été un grand chef kablunak ; il supposa que c'était donc un compliment.

— Pour en revenir à Thomas, dit le Docteur Hector, je crois que vous pouvez avoir une bonne influence sur lui. Quand il est en séance avec moi, j'essaie de l'entraîner à faire attention à ce qui se passe autour de lui, y compris à moi. Je crois que vous pourriez l'aider vous aussi.

— Est-ce que son père s'occupe de lui ?

— Mmmh... c'est une question délicate. C'est son père qui paye les séances, mais je crois qu'il ne s'occupe pas beaucoup de Thomas. Sa nouvelle femme non plus, elle ne me paraît pas très maternelle. Je crois que Thomas les fatigue ; alors, quand il passe le week-end chez eux, ils le laissent jouer tout seul, ce que Thomas a tendance à faire de toute façon.

Il essaya d'imaginer la scène : un enfant qui joue seul sans autres enfants autour de lui ! C'était tout aussi extraordinaire que de s'enfermer tout seul dans sa chambre.

— Mais pourquoi Thomas est-il comme cela ? C'est parce que ses parents ne sont plus ensemble ?

— Certains de mes collègues vous diraient que oui. Mais je ne pense pas. Je crois que Thomas a toujours eu cette tendance à se retirer dans son monde, mais, bien sûr, le départ de son père n'a rien arrangé.

Ulik se sentait très curieux d'en savoir plus sur le père de Thomas, mais il se demandait s'il n'était pas inconvenant de demander. Mais le Docteur Hector semblait prêt à tout entendre, alors il osa :

— Mais pourquoi a-t-il divorcé d'une femme comme Marie-Alix ?

— Mmmh, il y a plein de réponses à cela. Mais si vous voulez mon avis : pour se sentir admiré par une femme plus jeune et moins intelligente que Marie-Alix. Les hommes aiment bien se sentir admirés et respectés ; je suppose que c'est la même chose chez les Inuits, et c'est plus difficile avec une femme qui vous connaît depuis trop longtemps.

— Je comprends, mais pourquoi n'a-t-il pas gardé Marie-Alix ?

Le Docteur Hector sourit.

— Oh, mais parce qu'elle n'aurait pas voulu ! Ici, les femmes n'acceptent pas de partager un homme. Ce n'est pas le cas chez les Inuits ?

— Elles n'aiment pas ça non plus, mais si vous êtes un bon chasseur, parfois vous pouvez avoir deux femmes. Un meilleur chasseur que vous peut aussi vous en reprendre une, ou même les deux.

— Eh bien dites donc ! Et cela se passe toujours bien ?

— Pas toujours. Vous pouvez défier l'homme à la lutte, et si vous le battez, la femme va avec vous. Mais elle peut aussi refuser. Et parfois la jalousie s'en mêle, et il arrive qu'un homme en tue un autre.

— Je croyais que les Inuits ne connaissaient pas la jalousie !

— Oui, c'est curieux, c'est ce que pas mal de gens croient ici, on me l'a déjà dit. Mais ce n'est pas vrai.

Et son cœur souffrit à nouveau en pensant à Navaranava restée toute seule avec ce vantard de Kuristivocq.

— Le divorce existe donc chez vous ? demanda le Docteur Hector.

— Oui, mais on se remarie vite, une femme trouve toujours un homme qui souhaite l'épouser. Tout le monde sait qu'un homme ne peut rester sans femme, autrement il se morfond. Et puis les hommes célibataires risquent d'apporter du trouble dans le ménage des autres. Et sans femme, comment avoir des vêtements toujours en état pour partir à la chasse ? Une femme ne reste jamais célibataire très longtemps. Elle ne reste jamais seule.

— Mmmh... je vois, dit le Docteur Hector. Ici, c'est très différent. Dans cette ville, près de la moitié des femmes vivent seules.

Ulik mit quelques secondes à digérer cette information. Des millions de foyers sans homme où des femmes passaient la nuit seules dans leur lit.

— Mais... n'ont-elles pas de maris ?

— Certaines en ont eu, d'autres non.

— Comment cela est-il possible ?

— Oh, c'est un problème un peu compliqué. La première raison, c'est sans doute que le mariage n'est plus obligatoire.

— Il l'était avant ?

— Presque. Les femmes avaient besoin d'un mari pour pouvoir quitter leur famille, pour assurer leur subsistance et celle de leurs futurs enfants... Et les hommes étaient bien obligés de les épouser s'ils voulaient coucher avec elles !

Il commençait à comprendre. Il lui avait bien semblé qu'ici, on pouvait coucher avec des femmes sans les épouser. Ou partir avec de plus jeunes sans garder les anciennes.

— Alors, c'est la faute des hommes?

— En fait, c'est encore plus compliqué, dit le Docteur Hector. Ce qui a tout changé aussi, c'est la contraception. Avant les femmes avaient peur, très peur de faire l'amour sans être mariées : elles risquaient d'avoir un bébé. Aujourd'hui elles sont libérées de ça.

Le Docteur Hector expliqua à Ulik ce qu'était la pilule. Ulik se souvint d'une des découvertes qu'il avait faites avec Jacinthe : les préservatifs.

— Et chez les Inuits? demanda le Docteur Hector.

— Les femmes inuits n'ont de règles qu'en été. Et c'est pendant cette période que tout le monde a le plus envie de faire l'amour, quand le soleil ne se couche plus. Mais pour nous, qui sommes si peu nombreux, tout bébé est bienvenu...

— Avoir une vraie saison des amours... dit le Docteur Hector d'un air pensif.

— ... sauf dans les périodes de famine.

Il n'osait pas dire au Docteur Hector ce qui pouvait arriver pendant les périodes de famine : l'obligation de tuer certains bébés pour pouvoir en sauver d'autres. Il ne l'avait jamais vu faire, mais il savait que c'était la coutume. Il était visible que les Kablunaks n'avaient pas connu la famine depuis longtemps, et pourtant il voyait très peu d'enfants dans cette grande ville.

— Pourquoi ne faites-vous pas plus d'enfants ? Votre société paraît tellement riche !

— Bonne question, dit le Docteur Hector... Mais je préférerais qu'on en parle une autre fois, parce que j'ai encore quelques patientes à voir cet après-midi, et pas mal de femmes seules, justement.

Ulik rentra à l'appartement. Marie-Alix lui avait donné une clé, et il pouvait aller et venir à sa guise. Il croisait des voisins dans l'escalier et s'habituait à sourire aux gens et à leur dire bonjour sans continuer de leur parler. Quand il passa devant la loge, la porte s'ouvrit et la concierge apparut.

— Je crois qu'il y a une lettre pour vous, dit Maria.

Maria n'était pas très grande, un peu ronde, un peu comme certaines femmes inuits, (sauf l'incomparable et longue Navaranava, bien sûr).

Elle lui tendit une lettre couverte de tampons, qui était passée par l'Unesco puis ré-adressée chez Marie-Alix. Il était très surpris.

— Je vous ai vu à la télé, dit Maria.

— Ce n'est pas un bon souvenir pour moi.

— Mais si, vous passiez très bien. Et puis j'ai bien aimé cette histoire sur les femmes qui mâchent les peaux. Je me suis dit que cela devait couper la faim ; voilà un bon moyen de maigrir, et, en plus, en même temps on se fait de belles bottes !

— Arrête d'embêter Monsieur Ulik, dit une voix mâle venue des profondeurs de la loge.

— Mais je ne l'embête pas, on parle, tu ne peux pas comprendre.

Miguel apparut, l'air un peu somnolent comme à son habitude. Il travaillait la nuit sur un chantier qui ne s'arrêtait jamais.

— J'ai bien aimé le reportage, dit-il. Comment vous arrivez à chasser les oiseaux. Vous avez déjà vu une chasse à la palombe ?

— Non. C'est un oiseau ?

— Oui, c'est comme un gros pigeon. Nous aussi, on les chasse avec des filets. Ça se passe dans les montagnes, à la frontière de mon pays.

— Et vous en attrapez beaucoup ?

— Les bonnes années, oui. Il faudra qu'on parle de ça, vous viendrez boire un verre. Mais là, il faut que je dorme...

Il retourna se coucher et Maria laissa Ulik qui tout en montant les escaliers ouvrit fébrilement l'enveloppe. C'était une lettre de Quananvissajaq, l'interprète inuit du Sud.

*Cher Ulik,*

*Tout va bien. Mais les choses continuent de changer ici. La base a encore grandi et ton village a dû se déplacer de l'autre côté de la colline. Les Kablunaks ont proposé de prêter leurs motoneiges pour aider la tribu à transporter les choses, mais ton chef a refusé. Il n'est pas content du tout. Kuristivocq s'est fait donner un fusil par les Kablunaks. Il chasse les bœufs musqués et se vante beaucoup.*

*Il y a eu deux naissances depuis ton départ, mais un des bébés est mort. Le chef de la base a proposé que leur médecin vienne faire des visites au village et voit tous ceux qui en ont besoin, et aussi les enfants. Le chef a encore refusé, mais là les femmes n'ont pas été d'accord, elles se sont fâchées et il a fini par céder. Tu vois comme tout change.*

*Tu trouveras dans cette lettre quelque chose donné par quelqu'un qui pense à toi. Reviens vite.*

*Que les esprits soient avec toi,*

*Quananvissajaq*

Il examina le fond de l'enveloppe. Trois petites plumes de mergule, choisies avec art, et nouées ensemble avec une mèche de cheveux. Navaranava.

Les habitants de cet immeuble résidentiel n'avaient jamais entendu le hurlement d'un Inuk dans l'escalier, mais une fois suffit pour qu'ils s'en souviennent à tout jamais, tout comme les deux yorkshire du quatrième qui, depuis ce jour, se mirent à couiner et à se cacher sous les meubles dès qu'ils reconnaissaient le pas d'Ulik dans l'escalier.

Quand il entra dans l'appartement, il entendit de la musique dans la chambre de Juliette. Il se décida à aller lui parler, car il supportait mal de partager le même toit avec une personne qu'il sentait hostile. Et puis la conversation avec le Docteur Hector lui avait donné confiance en lui. S'il pouvait être utile à Thomas, pourquoi ne pouvait-il pas l'être à Juliette ?

Il poussa la porte de sa chambre. Surprise : Juliette était avec une amie de son âge. Deux minces jeunes filles languissamment assises à même la moquette, pieds nus, et sans doute en train de se faire des confidences, comme deux jeunes filles inuits ou de n'importe quelle autre partie du monde.

— Ulik, tu pourrais frapper, lui lança Juliette avec un air de mépris.

Il se sentit paralysé. Il avait oublié de frapper, ce bizarre usage kablunak pour prévenir de son arrivée. En pays inuk, cela n'existait pas : quand vous souhaitiez voir quelqu'un, vous entriez chez lui sans autre cérémonie.

— Excusez-moi, balbutia-t-il.

L'amie de Juliette lui sourit.

— Bonjours Ulik !

Elle était plus grande que Juliette, brune avec de longs cheveux, de jolies taches de rousseur autour d'un petit nez presque aussi court que celui d'une Inuit, et des yeux rieurs, d'un brun doré, semblables à cette liqueur nommée whisky et que l'on retrouvait aussi dans les reflets de ses cheveux. Elle semblait être une variante de l'espèce à laquelle appartenait Juliette, une jolie bête moins farouche et plus douée pour le jeu. Il remarqua qu'elle portait un tee-shirt très court qui de temps en temps laissait voir son nombril, petite encoche sur la peau lisse de son ventre. Elle se tourna vers Juliette :

— Il est grand pour un Esquimau, non ?

— Ulik, c'est toi qui as crié dans l'escalier ?

Mon Dieu, elles l'avaient entendu. Il ne savait quoi répondre.

— Bonjour Ulik, moi je m'appelle Diane.

— Bonjour, Diane.

— Ulik, tu pourrais nous laisser tranquilles ?

— Écoute, Juliette, je trouve que tu n'es pas sympa avec Ulik.

Juliette soupira, se leva, et se dirigea vers la porte.

— Bon, eh bien si vous voulez parler, allez-y, j'ai un coup de fil à passer.

Il se retrouva assis par terre face à Diane et essaya d'éviter de regarder son nombril, mais c'était difficile, car alors il voyait son sourire ou ses seins qui bombaient sous le tee-shirt. Pourquoi les femmes ici faisaient-elles un tel étalage de leur corps ?

— Je vous ai vu à la télé, dit-elle.

— Oui, apparemment, beaucoup de gens m'ont vu.

— Juliette nous avait prévenu que vous passiez ce jour-là. Je trouve que c'était très intéressant, ce que vous avez dit.

— Ah bon? Moi, je ne me suis pas trouvé très intéressant.

— Mais si!

— Quoi, par exemple?

— Je... je ne sais plus très bien, mais c'était intéressant. Et puis la vie dans votre tribu, la chasse, tout ça. Et puis, à la fin, cette très jolie Esqui... pardon Inuit. Vous la connaissez?

— Oui.

— Ah, mais bien sûr, je suis idiote, c'est votre tribu. Tout le monde se connaît.

— Non, vous n'êtes sûrement pas idiote.

— Oh, vous êtes gentil! J'aimerais bien que mes profs pensent comme vous!

Il lui demanda quelle spécialité elle comptait faire plus tard.

— Oh, je ne sais pas encore. J'ai un petit ami qui travaille dans la pub, alors peut-être je pourrais travailler là-dedans.

Il se fit expliquer le sens du mot « petit ami ».

— Mais alors, vous allez vous marier?

— Oh, je ne sais pas. Ça fait deux ans qu'on est ensemble, mais moi je n'ai pas envie de me décider tout de suite.

Il ne comprenait pas : si Diane s'entendait bien avec son petit ami, pourquoi ne se mariaient-ils pas? Diane rit, en cachant sa bouche de sa main, exactement comme une jeune fille inuit.

— Je ne sais pas, dit-elle. Mais je crois que j'ai l'impression que j'ai encore d'autres choses à vivre. Comment savoir si c'est le bon ?

Il comprit qu'une jeune fille kablunak devait rencontrer des hommes jusqu'à ce qu'elle trouve « le bon ». Et comment faisait-elle si elle s'apercevait au quatrième que « le bon » était finalement le premier rencontré ? Et qu'attendait-elle exactement d'un mari ? Il allait poser la question, mais Juliette revint.

— Alors, vous avez fait connaissance ?

— Mais oui, moi je le trouve très sympa, ton ami Ulik.

— Eh bien, tant mieux. Maintenant, Ulik, tu pourrais nous laisser seules ?

Il s'en fut, laissant les jeunes filles reprendre leurs murmures derrière la porte. Sans doute pensaient-elles ne pas être entendues, mais qui a l'oreille plus fine qu'un Inuk ?

— Dis-donc, il est vachement sexy ! Je comprends ta mère !

— Arrête, tu veux ?

Il revint vers sa chambre, avec l'image de ce charmant nombril dansant devant ses yeux, tel une jolie fleur de printemps. Il s'allongea sur son lit avec un soupir. La vie ici se révélait encore plus éprouvante qu'il ne l'avait imaginée. Car, comment rester serein, dans un pays où l'on ne cesse de rencontrer des femmes nouvelles qui vous montrent leur corps ? Et les femmes, comment arrivaient-elles à trouver « le bon » au milieu de cette multitude ?

À part lui, il n'y avait que des femmes autour de la grande table de réunion. Treize femmes compta-t-il, certaines jolies, d'autres moins, mais qui avaient toutes l'air contentes et assez excitées par le sujet de la réunion : lui, Ulik.

Marie-Alix était assise à sa droite, prête à le protéger des questions trop directes ou à servir d'interprète quand une expression lui échappait. Florence, la dircom de la compagnie pétrolière qu'il avait déjà croisée à la télévision, était là aussi, ses cheveux légèrement plus clairs que la dernière fois, lui sembla-t-il, le visage toujours aussi net et délicatement maquillé. Elle parlait plutôt fort pour une femme, interrompant même de temps en temps une autre femme, Viviane, qui semblait pourtant être la chef du grand journal pour les femmes dont ils occupaient la salle de réception, au dernier étage de l'immeuble.

Avant d'arriver jusqu'ici, il avait été stupéfait en parcourant les couloirs de découvrir que tous les bureaux étaient occupés par des femmes. Aucun homme en vue. Il les avait toutes vues se détourner de leur travail pour le regarder passer en compagnie de Marie-Alix et de Florence.

— Ce qui serait intéressant, c'est le regard d'Ulik sur les femmes d'ici. Je verrais bien un titre : « Ulik : comment il nous voit » dit une petite blonde à la voix aiguë.

— Peut-être, mais ça n'a d'intérêt que s'il explique d'abord comment ça se passe pour les femmes inuits, dit une autre, une brune bouclée qui n'avait pas l'air d'apprécier la petite blonde.

— Bof, ça je ne sais pas si ça intéresse vraiment nos lectrices dit une plus âgée, qui semblait aussi être une chef de quelque chose.

— La mission de notre journal, c'est aussi de faire découvrir d'autres regards à nos lectrices, dit Viviane, la chef du journal. La situation de la femme dans une tribu classée Patrimoine de l'humanité, c'est intéressant. N'est-ce pas, Marie-Alix ?

Marie-Alix tarda un peu à réagir et tout le monde la regarda.

— Excusez-moi... Oui, absolument, la vie de la femme inuit est très intéressante.

— Mais alors pourquoi ne pas faire venir une femme ? demanda une autre, qui semblait mécontente depuis le début.

— Bonne idée, une femme ! s'exclamèrent les autres. Une femme, ça serait rigolo !

Mais Florence les interrompit.

— Nous avons ici un de leurs représentants, qui a accepté de venir. Nous n'allons pas faire défiler toute la tribu ici. Et puis Ulik s'exprime très bien, c'est le témoin idéal. C'est ce que nous avions prévu.

— Vous pourriez faire venir une femme ? demanda Ulik.

Tout le monde se tut. Il pensait à Navaranava.

— Je ne crois pas que ça soit nécessaire, dit Viviane, la chef. Votre point de vue va intéresser nos lectrices.

— « Comment il nous voit », répéta la petite blonde.

Elle avait un petit nez pointu et des taches de rousseur qui lui donnait l'air un peu enfantin, celui d'une petite fille pas sage.

— Bon, dit Viviane en se tournant vers elle, tu te charges de l'interview.

— Entendu, dit la petite blonde. Ulik, on va prendre rendez-vous.

— Je crois que ce serait bien que j'y assiste, dit Marie-Alix.

— Vraiment ? dit la petite blonde d'un air mécontent.

— Bonne idée, dit Viviane, et puis vous aurez peut-être des idées de questions, Marie-Alix.

— J'aimerais bien être là aussi, dit Florence. Cette interview est aussi importante pour nous que pour vous.

— C'est plus une interview, c'est une conférence de presse, grommela la petite blonde.

— Si tu n'en veux plus, je suis sûre qu'il y a des volontaires, dit Viviane.

Tout le monde se tut, et la petite blonde rougit en disant : « Okay, okay. »

À ce moment, la brune bouclée se tourna vers lui et demanda :

— Ulik, on ne vous a pas tellement demandé votre avis. Et justement, là, comment nous voyez-vous ?

L'assemblée s'était tue et le regardait. Il les voyait toutes, les jolies et les moins jolies, les bavardes et les silencieuses, les gentilles et les plus dures. Il pensa à tous ces bureaux sans hommes et il se dit qu'il leur trouvait quelque chose en commun.

— J'ai l'impression... commença-t-il.

Comment leur dire cela sans paraître blessant ?

— Allez Ulik, dites-nous ce que vous pensez vraiment, dit Viviane.

— Ne dites pas tout quand même, ajouta Florence en riant.

— Et pourquoi pas ? demanda la petite blonde.

Il se fit un nouveau silence. Ça y était, il avait trouvé.

— J'ai l'impression que vous pouvez vous passer des hommes. Que vous avez appris à vivre sans eux.

Elles se regardèrent.

— Je sens le bon sujet, les filles, dit Viviane.

*— Ulik, comment trouvez-vous les femmes occidentales ?*

*— Très jolies.*

*— Merci. Mais les femmes inuits ne sont-elles pas jolies ?*

*— Si, bien sûr. Mais deux paysages différents peuvent être également beaux.*

*— À votre avis, est-ce qu'une femme inuit serait heureuse en vivant ici ?*

*— Je crois qu'elle serait heureuse de découvrir tous ces produits de beauté que vous avez ici. Là-bas, elles essaient d'en fabriquer, mais elles n'ont pas grand-chose, à part la graisse de quelques animaux.*

*— Qu'est-ce qui lui plairait encore ?*

*— Elle pourrait apprendre une spécialité, un métier, comme vous. Mais peut-être n'en auraient-elles pas envie.*

*— Pourquoi ?*

*— Elles ont été habituées autrement. Et puis si elles avaient le même métier que les hommes, à quoi serviraient les hommes ?*

*— Mais c'est ainsi que ça se passe ici, vous savez, les femmes et les hommes font presque les mêmes métiers.*

*— Oui, je sais bien. J'ai compris que les femmes peuvent être aussi bonnes que les hommes, dans les métiers d'ici en tout*

*cas. Même chez nous, certaines savent très bien conduire les chiens. Elles sont courageuses.*

*— Croyez-vous que les femmes d'ici sont aussi courageuses que les femmes inuits ?*

*— Ce n'est pas le même courage. Les femmes inuits doivent affronter le froid, la faim, souvent la mort de leurs nouveau-nés, et, bien sûr, le risque de croiser un ours quand elles s'éloignent du camp.*

*— Et les femmes d'ici ?*

*— Je peux dire ce que je pense ?*

*— Mais bien sûr, Ulik.*

*— Je pense qu'elles sont très courageuses pour affronter la solitude. Même moi, au début, il m'était difficile de rester seul dans une chambre : cela n'arrive presque jamais dans mon pays. Mais j'ai compris qu'ici beaucoup de femmes vivent seules, sans homme.*

*— Mais elles l'ont peut-être choisi.*

*— Peut-être, mais choisi ou pas, affronter la solitude demande beaucoup de courage. Autant que pour affronter le froid ou un ours, même si ce n'est pas la même sorte de courage.*

*— Et, à votre avis, pourquoi vivent-elles seules ?*

*— Je ne sais pas, je n'ai pas encore tout compris de votre culture.*

*— Vous n'avez pas une idée ?*

*— Je pense qu'ici les femmes ne donnent pas l'impression qu'il faut les protéger. Alors peut-être que les hommes ne se sentent pas obligés de rester.*

*— Vous pensez qu'on reste près d'une femme pour la protéger ?*

*— Dans mon pays en tout cas. Autrement comment se nourrirait-elle ? Mais, bien sûr, c'est encore mieux si on continue à l'aimer. De toute façon, dans mon pays, les femmes*

*doivent se marier et faire des enfants, nous sommes si peu nombreux.*

*— Donc vous trouvez les femmes d'ici très différentes des femmes inuits ?*

*— En apparence, en tout cas. Ici les femmes parlent plus, j'en ai même vu commander des hommes.*

*— Alors, elles n'ont plus besoin des hommes pour les protéger ?*

*— Je ne sais pas. Je crois qu'elles en ont peut-être besoin, mais c'est devenu seulement un sentiment. Je crois qu'elles aimeraient se sentir protégées, même si elles n'en ont plus besoin. Mais peut-être que les hommes ici ne savent plus le faire.*

*— Mais vous ne pensez pas qu'une femme peut aussi protéger un homme ?*

*— Oui, bien sûr. Par exemple, elles nous protègent du froid en réparant sans cesse nos vêtements.*

*— Bien sûr, mais elles peuvent vous protéger aussi quand vous êtes triste où que vous ne savez pas vous tirer d'une situation.*

*— Peut-être... Certaines femmes sont plus protectrices que d'autres. Parfois, elles savent très bien vous consoler quand vous vous sentez faible, c'est vrai. Mais il vaut mieux quand même se montrer fort le reste du temps.*

*— Pourriez-vous tomber amoureux d'une femme d'ici ?*

*— Oui, mais j'ai déjà une promise dans mon pays.*

*— Et si vous n'en aviez pas ?*

*— Sans doute pourrais-je tomber amoureux.*

*— Comment tombe-t-on amoureux à la manière inuit ?*

*— On pense sans cesse à celle qu'on aime, on se sent très joyeux quand on la voit, on souffre quand on est séparé d'elle, on craint qu'un autre lui plaise, on a du mal à se concentrer sur sa tâche.*

*— Eh bien, ça ressemble beaucoup à la manière d'ici.*

*— C'est possible. Mais il n'est pas bon pour un homme d'être trop amoureux.*

*— Pourquoi ?*

*— Il risque de perdre de sa force, de devenir un moins bon chasseur. Ou de se faire dominer par la femme.*

*— Vous pourriez vous faire dominer par une femme d'ici ?*

*— C'est vrai qu'elles ont plus l'habitude de commander. Je ne sais pas. J'aurais peut-être du mal à m'habituer. Ici, je n'ai pas de travail, alors c'est elle qui me nourrirait, elle pourrait donc me dominer. Mais je ne sais pas si on arriverait à continuer à s'aimer.*

*— Pourquoi ?*

*— Parce qu'une femme a plus de mal à aimer un homme qui ne se montre pas fort. C'est cela qui donne envie de faire l'amour.*

*— C'est ainsi que sont les femmes inuits ?*

*— Oui. Pour les femmes ici, je ne sais pas... Je ne sais pas ce qui les rend amoureuses.*

*— Parce que l'amour, c'est quand même important entre un mari et une femme inuit ?*

*— Oui, bien sûr. Mais l'amour ne peut pas durer si vous n'avez pas de bonnes règles d'échange entre l'homme et la femme. Chacun doit être content. Dans mon pays, chacun connaît son rôle.*

*— Et pas chez nous ?*

*— Je n'ai pas encore compris votre système d'échange entre hommes et femmes. Bien sûr cela ne veut pas dire qu'il n'existe pas, mais en tout cas il n'a pas l'air très clair.*

*— Auriez-vous un conseil à donner à nos lectrices ?*

*— Donnez aux hommes l'envie de vous protéger.*

*— Mais si les hommes ne savent plus ?*

*— Alors là, je ne sais pas. Est-ce qu'ils peuvent réapprendre ? Je suppose qu'un grand journal comme le vôtre peut le leur expliquer.*

*— Merci Ulik. Nous vous souhaitons un très bon séjour parmi nous.*

*— Merci de votre accueil.*

— Cher Ulik, cela fait plaisir de voir que la chasse vous intéresse autant, dit Florence.

— Oui... pourtant je regrette de ne pas pouvoir monter à cheval !

— Je comprends, mais vous êtes trop précieux, et ce serait trop dangereux.

Ils suivaient la chasse dans un véhicule tout-terrain qui ressemblait beaucoup à ceux apparus autour de la base kablunak. Le chauffeur, nommé Marcel, un homme épais avec de grosses joues rouges, était au volant, Ulik à ses côtés, tandis qu'à l'arrière Florence et Marie-Alix conversaient tranquillement. La chasse n'avait pas l'air de les intéresser beaucoup, contrairement à Marcel. Ulik avait vite sympathisé avec Marcel. Il lui indiquait de temps en temps le nom des arbres et lui expliquait le déroulement des opérations.

Florence était un peu plus jeune que Marie-Alix, mais l'esprit de la jeune fille ne semblait plus en elle, malgré sa chevelure très lisse et très dorée par des moyens mystérieux, ses nombreux bijoux et son maquillage, qui lui sembla un des plus parfaits qu'il eut jamais vu ici. (Marie-Alix se mettait juste du rouge à lèvres et de l'ombre à paupière, et il aimait cela, car comment aimer une femme sans goûter la saveur de sa vraie peau ?) La voix de Florence n'avait pas la douceur de celle Marie-Alix, ses mouvements étaient plus brusques, elle était moins grande mais plus robuste – en fait, on avait l'impression que c'était l'esprit d'un homme qui s'était installé en elle. Elle n'était pas mariée et n'avait jamais eu d'enfant, alors qu'elle ne semblait atteinte d'aucune infirmité.

Marie-Alix et Florence se connaissaient depuis longtemps, ayant été dans la même école pour filles de chefs kablunaks.

— L'animal, cria Marcel.

Et très loin devant eux Ulik vit le saut rapide du cerf à travers l'allée, aussitôt disparu dans l'épaisseur de la forêt. Une seconde plus tard, ils virent débouler les chiens en une grande meute bondissante et hurlante, puis les cavaliers vêtus de rouge, sur ces énormes bêtes nommées chevaux, dont le mufle écumant et l'œil exorbité lui avaient fait presque peur la première fois.

— Il est fatigué, dit Marcel, ils vont bientôt l'avoir !

— C'est le moment que je déteste, dit Marie-Alix.

— Tu es trop sensible, dit Florence, c'est la vie après tout.

— Peut-être, mais je ne suis pas forcée d'aimer tous les aspects de la vie.

— Qu'en pensez-vous Ulik ?

Il se retourna vers elles, qui le regardaient en attendant sa réponse. C'était étrange de voir ces deux femmes lui demander son avis, lui qui en connaissait si peu sur leur monde.

— Chez nous aussi, la chasse fait partie de notre monde, dit-il.

— Ah, tu vois, dit Florence à Marie-Alix.

Il vit Marie-Alix troublée, comme s'il venait de la trahir. Il continua :

— Mais nous chassons seulement pour nous nourrir ou pour la fourrure.

— Ah, je savais bien que ce n'était pas pareil, dit Marie-Alix.

— Enfin, c'est une tradition, s'énerva Florence, vous avez aussi des traditions, non ?

— Pas comme ici. Seulement celles qui sont indispensables à notre vie.

À la manière dont Florence le regarda, il comprit qu'elle était assez susceptible.

— Vingt dieux, s'ils sont passés par là, ils vont finir à l'étang Beauchard, dit Marcel en accélérant. V'là un bel hallali qui s'annonce !

Mais Ulik ne devait jamais savoir ce qu'était un bel hallali.

Le cerf se réfugia dans le jardin d'une maison à l'orée de la forêt, et la propriétaire, une jeune dame en tenue de jardinage, refusa obstinément aux cavaliers le droit d'entrer. Les chiens la bousculèrent en poursuivant le cerf jusque devant la maison. L'animal bondit se réfugier sur le capot d'une voiture garée là et dont Ulik comprit qu'elle avait une certaine valeur, vu les réflexions de Marcel.

— Vingt dieux, la béhème, dans quel état elle va être !

La dame hurlait contre les chiens et les cavaliers, comme si l'esprit du cerf était entré en elle.

— Encore une foutue bobo qui est contre la chasse, s'énervait Florence.

Lorsque les chiens voulurent sauter sur le capot de la voiture, le cerf bondit gracieusement sur le toit, et s'y maintint, les sabots fermement plantés dans la carrosserie, donnant de temps en temps un coup de ses bois à un chien qui tentait de se hisser à sa hauteur. La dame continuait de crier – Ulik entendit les mots « gendarmerie », « procès ». Finalement, deux cavaliers munis de fouets mirent pied à terre et rassemblèrent les chiens pour les rabattre hors de la propriété. Le cerf resta immobile, dressé sur la voiture comme une statue sur son socle, sa fine tête levée comme un signe de triomphe, pendant que la dame s'approchait lentement avec un seau rempli d'eau.

Marcel démarra tandis qu'Ulik observait les cavaliers qui tournaient tout autour de leur véhicule. Il reconnut dans leurs regards enflammés la fureur des chasseurs privés de leur gibier, comme cela arrive aux Inuits lorsque le morse somnolent que l'on croyait surprendre sur la plage ouvre brusquement un œil, vous aperçoit et plonge aussitôt dans la mer. Et là, malgré leurs immenses chevaux, leurs tenues étranges, leurs chiens bizarres, il sentit qu'ils étaient un peu ses frères.

Tout le monde revint pour le dîner vers la propriété d'où ils étaient partis le matin même.

— Je me demande ce qu'Ulik va penser de nos traditions, dit Marie-Alix avec son charmant petit rire, mais cela ne fit pas sourire Florence.

— Ulik ! Ulik ! Ulik ! scandait l'assemblée.

On était à la fin du dîner et il apparut clairement à Ulik que beaucoup avaient un peu abusé du vin et d'autres alcools qu'il venait de découvrir lui-même. Marie-Alix lui souffla qu'il était temps pour lui de faire un petit discours. Elle était restée parfaitement sobre, et avait même veillé à ce qu'on ne lui remplisse pas trop souvent son verre.

Il se mit debout. Autour de lui, sur les murs, quantité de têtes de cerfs semblaient le regarder de leurs grands yeux profonds et il eut l'impression étrange que certains animaux bougeaient légèrement leurs longs cous pour mieux le fixer. Il s'était trouvé placé au bout de la longue table d'où il voyait les regards de l'assistance tournés vers lui. La plupart des hommes et certaines femmes avaient gardé leur tenue de chasse, ce qui leur donnait l'aspect d'une petite armée de l'ancien temps qui se serait réunie au soir d'une belle bataille. Ici, les femmes chassaient, ce qui prouvait une fois de plus que les femmes kablunaks avaient décidé de faire tout ce que font les hommes.

Au moment de l'apéritif, après son premier discours, le Président était venu lui serrer la main, et tout le monde avait fait cercle autour d'eux. C'était un homme très grand, avec une belle chevelure argentée et des yeux perçants, et Ulik avait pensé qu'il était sûrement un grand chasseur, même si celle du jour s'était mal terminée.

— Cher Ulik, avait-il dit, je voulais vous dire combien votre discours a été émouvant. En fait, j'aurais bien voulu que le mien soit aussi bien, mais je dois reconnaître mes limites.

Les gens avaient ri respectueusement. Voyez comme notre Président est modeste ! Lui qui dirige des milliers de gens, il sait se faire humble face à un Esquimau arrivé de sa banquise ! Ulik aussitôt avait répondu :

— J'ai bien aimé votre discours, monsieur et, de toute façon, sans vous, je ne serais pas ici pour prononcer le mien.

Il y avait eu un murmure de surprise et d'approbation. Comme cet Inuit parlait bien ! Comme il avait de l'esprit ! Il remercia mentalement le capitaine Tremblay et toutes ces heures passées à lire avec lui les *Fables* de La Fontaine et *La Princesse de Clèves*. Le Président avait souri, mais Ulik avait reconnu dans ses yeux une pointe d'irritation. Il se dit que la première coupe de champagne lui avait fait oublier comment se comporter avec un chef, qu'il soit inuit, kablunak, ou de n'importe quel autre endroit du monde : ne jamais montrer une supériorité sur lui, surtout en public.

Et maintenant, il se tenait debout à l'extrémité de cette longue table, car son premier discours leur avait donné l'envie d'en entendre un autre.

— Chers amis, commença-t-il.

— Ulik ! Ulik ! Ulik !

— Un peu de silence, je vous prie, intervint le Président.

Le silence se fit. Il leur expliqua que comme ils étaient chasseurs, plutôt qu'un discours, il allait leur raconter une chasse.

— Et peut-être un jour viendrez-vous en pays inuk, et là sur ces murs, on verra une tête d'ours blanc !

Il y eut des applaudissements, il vit le regard amoureux de Marie-Alix posé sur lui.

Il commença son récit.

— ... un matin, nous apercevons les pas de l'ours dans la neige, alors nous lançons nos chiens. Comme les vôtres, ils s'élancent et s'excitent, mais sans aboyer, car un bon chien ne doit jamais prévenir l'ours de sa présence...

Tous le regardaient fixement, il sentait le rêve naître dans leurs yeux à mesure qu'il continuait son récit. Soudain, par-dessus la rumeur de sa propre voix qui se répercutait dans la grande pièce, il entendit (car qui a l'oreille plus fine qu'un Inuk ?) le Président qui murmurait :

— Il nous le faut absolument. Débrouillez-vous.

Il n'aima pas le ton du Président, car il lui sembla qu'on parlait de lui comme d'un objet convoité ou d'un animal précieux. Et il connaissait la force de la convoitise des Kablunaks, qui n'est pas retenue par la dure loi de la vie en pays inuk, là où l'on doit sans cesse partager pour survivre.

— Voilà, chuchota Marcel en lui montrant deux discrètes encoches sur le sol moussu. Celles-là, elles sont de ce matin.

C'était l'aube. Pendant que tout le monde dormait encore, il était parti en expédition avec Marcel qui lui expliquait la vie des cerfs et des biches.

Marcher dans la forêt était une expérience extraordinaire. Il n'y a pas d'arbres en pays inuk. Marcel continuait de les lui nommer, et il arrivait maintenant à reconnaître plus de dix espèces – essences, lui avait dit Marie-Alix – différentes. Ici, il arrivait très bien à se repérer, et il se sentait beaucoup mieux que dans le dédale de la grande ville et les couloirs de l'hôtel.

Chaque cerf disposait de plusieurs biches, expliquait Marcel. Il s'intéressait aux biches jeunettes de l'année, mais il gardait les anciennes. Comme chez les Inuits, un cerf plus jeune pouvait le défier au combat, et s'il l'emportait, à lui les biches.

Soudain Marcel s'immobilisa. Ulik suivit son regard et, au-delà des taillis, il aperçut, leurs mufles fumant dans l'air froid, leurs fourrures humides de la nuit : le grand cerf et ses biches rassemblées tournaient la tête dans leur direction.

Et soudain l'esprit de la forêt fut en lui.

Marcel vivait dans une petite maison au bout d'un chemin. Il expliqua que ses parents avaient vécu là autrefois, mais que son père était mort il y avait bien des années, et qu'aujourd'hui sa mère terminait sa vie dans une maison de retraite. Ulik ne comprit pas le sens de ce mot. Pour lui, la retraite signifiait le retour forcé après une bataille perdue. Marcel lui expliqua ce qu'était une maison de retraite tout en sortant d'un placard une longue bouteille et deux petits verres.

— Je suis tout seul, pas souvent à la maison dans la journée, je ne pouvais plus m'occuper d'elle.

Ulik n'en croyait pas ses oreilles : les Kablunaks mettaient tous leurs vieillards ensemble dans des maisons où ils n'avaient absolument rien à faire ! Ils ne pouvaient même pas s'occuper des enfants, leur raconter des histoires ou aider les femmes à tenir la maison. Il se demanda comment les malheureux arrivaient à survivre dans ces conditions.

— Mais comment fait-on chez les Inuits ? demanda Marcel.

Ulik se sentit un peu gêné car il sentait que leurs usages pouvaient choquer un Kablunak, même quelqu'un d'aussi proche de la vie véritable que Marcel. Il expliqua que quand un vieux se sentait complètement inutile, qu'il ne pouvait plus rien faire au village ni se faire respecter par les enfants, il attendait la prochaine migration de la tribu, et là, pendant que tout le monde filait sur la banquise, il se laissait doucement glisser du traîneau. Et personne ne se retournait, tandis qu'il attendait seul la mort sur la glace.

Mais Marcel n'eut pas l'air surpris ni choqué.

— Je crois que je préférerais finir comme ça, dit-il en versant dans les deux petits verres un liquide limpide et légèrement ambré.

C'était beaucoup plus fort que le Polar Bear ou tout ce qu'Ulik avait pu boire jusque-là, un peu comme si un esprit en colère se cachait dans ce liquide pourtant transparent. Les larmes lui montèrent aux yeux.

— Elle date du temps de mon père, dit Marcel.

Ulik comprit que c'était un honneur, et il accepta quand Marcel lui resservit un deuxième verre.

La maison était assez sombre, avec de petites fenêtres. Tout avait l'air ancien, et, il faut le dire, pas parfaitement nettoyé. Il était clair qu'aucune femme ne vivait ici. Mais pourquoi ? Marcel paraissait tout à fait robuste, il avait l'œil vif d'un chasseur et il ne paraissait pas appartenir à cette espèce d'hommes qui préfère les hommes (car ceux-là lui semblaient plus nombreux ici qu'en pays inuk, où ils sont rares).

— J'intéresse pas les filles, dit Marcel. Elles veulent plus vivre à la campagne.

Et il expliqua à Ulik qu'ils étaient fort nombreux, comme lui, à vivre dans les campagnes et les forêts du pays kablunak, qui ne trouvaient pas de femmes, car elles préféraient aller vivre en ville, travailler dans un bureau et acheter quantité de choses dans les magasins des grandes rues pleines de monde.

— Et moi, je ne veux pas vivre en ville, dit Marcel.

Ulik comprenait cela. Ici c'était la vraie vie, avec l'esprit de la forêt sous toutes ses formes. Et qui n'aurait pas aimé une marche à l'aube au milieu de la nature en éveil ?

— Y'a des soirs où c'est pénible dit Marcel. Alors je vais au Cheval blanc.

Ulik apprit que le Cheval blanc était un café dans un petit village voisin, et que Marcel pouvait y trouver quelques copains des environs, boire un coup et discuter avec eux.

Mais quand même, comment faire sans femmes ?

— Il y a un endroit, dit Marcel. Il expliqua à Ulik que dans une ville un peu plus grande, non loin de là, se trouvait un petit hôtel où il était possible d'emmener des femmes que l'on payait. Mais, bien sûr, il aurait préféré avoir une femme.

— Je vais peut-être en trouver une, dit-il.

Il montra à Ulik une sorte de cahier qui traînait sur la table. Surprise, on y voyait des photographies de quantités de jeunes femmes non kablunaks. Elles ressemblaient un peu à des Inuits, mais venaient de pays encore plus lointains. Ce cahier était un peu comme l'émission « Rencontre, rencontre » qu'il avait vue à la télévision : les femmes dont on voyait les portraits dans ce cahier se proposaient pour le mariage aux hommes qui voulaient les choisir.

— On m'a dit que les Philippines étaient les plus gentilles, dit Marcel. En plus, elles sont travailleuses. Et puis on a la même religion, ça facilite les choses.

Ulik sentit la chance merveilleuse qu'il avait d'avoir déjà une femme avec lui en pays kablunak. Il espérait que Marcel en trouverait une aussi gentille.

Par la fenêtre, il vit que le soleil était levé. Il était temps d'aller réveiller Marie-Alix.

— Mon petit cadeau du Sud, disait-elle, vous avez été excellent.

— Là, tout à l'heure ?

Elle rit. Il ne se lassait pas de l'entendre rire.

— Mais, non, l'autre soir, avec le Président.

— Oh, le Président...

— Oh, le Président... fit-elle en l'imitant. Dites donc, vous ne semblez pas avoir beaucoup de considération pour notre grand chef kablunak !

— En fait, ce qui m'a mis tout de suite à l'aise avec lui, c'est qu'il venait de rater sa chasse.

— Mais pourquoi ?

— Je me sentais en position de supériorité. Je suis meilleur chasseur.

— Les hommes sont décidément partout pareils, dit-elle en se levant brusquement, se drapant dans le drap pour s'éloigner du lit.

Il avait remarqué qu'elle était toujours gênée de se montrer nue, alors qu'il ne se lassait pas de la regarder, découvrant chaque jour une nouvelle vision d'elle qui l'enchantait. Ils se connaissaient depuis si peu... elle était comme un nouveau territoire qu'il partait explorer soir et matin sans encore l'avoir complètement conquis.

Pendant qu'il l'entendait s'activer dans la salle de bains, il se leva et se dirigea vers la cuisine. Il avait faim.

Thomas, attablé devant un bol de céréales, lisait attentivement une revue pleine de schémas – la trajectoire d'une comète, semblait-il. Juliette, debout, examinait l'intérieur du réfrigérateur, un de ses minces pieds nus posé sur l'autre pour éviter le froid du carrelage, comme si c'était une pose rituelle qui lui permettrait de mieux choisir sa nourriture du matin. Aucun des deux n'avait encore remarqué sa présence. Il se sentit gêné, car il n'était sûrement pas habituel que leur mère se lève après eux, et Juliette en tout cas devait certainement en comprendre la raison.

— Bonjour, dit-il.

Thomas releva la tête et sourit.

— Bonjour, Ulik !

Puis il se replongea dans sa lecture.

Juliette lui jeta un coup d'œil par-dessus son épaule puis, attrapant une boîte de fromage blanc, elle fila vers la porte avec son butin.

— Juliette, vous ne me dites pas bonjour ?

— Bonjour, murmura-t-elle.

Elle avait disparu. Il hésita une seconde, puis un élan de chasseur le prit : il ne supportait pas de la voir s'enfuir. Il la suivit dans le couloir, jusqu'à sa chambre. Juliette ne l'avait pas entendu approcher et elle eut un sursaut de surprise quand ils arrivèrent ensemble à la porte.

— Je veux être tranquille dans ma chambre !

Son regard brûlait de colère. Il fit un pas en arrière.

— Bien sûr... Excusez-moi.

Mais il était prêt à reculer, pas à battre en retraite. Elle aussi semblait gênée d'entrer et de lui claquer la porte au nez.

— Juliette... commença-t-il.

— Oui, quoi ? soupira-t-elle d'un air excédé.

— J'ai l'impression que... que vous ne m'aimez pas. Je peux imaginer des raisons, mais comme je ne suis pas d'ici, je suis sûr que je ne comprends pas tout.

Elle restait immobile et il ne la quittait pas des yeux en lui parlant. Il avait l'impression d'approcher très doucement un animal prêt à lui échapper à la moindre erreur de sa part.

— ... j'aimerais simplement que tout le monde soit content. Et c'est difficile... douloureux, de sentir que vous ne m'aimez pas, que vous m'en voulez. Parce que vous m'en voulez de quelque chose, non ?

Elle poussa un petit soupir dans lequel il sentit du mépris.

— Exactement. Je vous en veux.

— Mais de quoi ?

— Je vous en veux... de profiter de ma mère...

Il vit les larmes monter dans ses yeux.

— ... je vous en veux parce que vous profitez de sa faiblesse !

Sa bouche se tordit dans un début de sanglot, elle fit volte-face et disparut dans sa chambre. Il revint pensivement vers la cuisine.

Profiter de sa mère ? Voulait-elle dire qu'il profitait

de son hospitalité sans contrepartie ? Qu'il était un paresseux qui se laissait vivre sous son toit ? Cette pensée l'arrêta au milieu du couloir car c'était une des plus graves offenses que vous pouviez commettre en pays inuk : profiter des efforts du groupe sans apporter votre contribution.

Il faillit faire volte-face pour lui expliquer qu'il n'était pas un parasite, qu'il ne dépendait pas d'eux pour le toit ou la couche puisqu'il disposait toujours d'une très belle chambre à l'hôtel, dans laquelle il pouvait faire venir à sa guise de très jolies femmes (sa réserve de toques en fourrure et de dents de narval était loin d'être épuisée). Mais arrivé à la porte de la chambre, il s'arrêta à nouveau. Il n'était pas sûr que ses explications satisferaient Juliette. Il sentait que dans la colère de la jeune fille envers lui, quelque chose lui échappait. Il vaudrait mieux raconter tout cela au Docteur Hector.

Il revint vers la cuisine. Marie-Alix, penchée sur le journal que lisait Thomas, écoutait ses explications sur l'expansion des galaxies. L'eau chantait dans la bouilloire.

Il s'arrêta, effrayé par une découverte soudaine. Cette nuit, il s'était réveillé, comme brûlant de l'intérieur tant son désir de repartir était fort. Il savait pourtant que ce n'était pas tant l'envie de retrouver le pays inuk, que le terrible désir de serrer Navaranava dans ses bras. Mais ce matin, dans la cuisine, il découvrait qu'il se sentait lié à cette grande femme penchée sur son fils, à ce petit garçon triste qui souriait en l'apercevant, à sa sœur qu'il venait de faire pleurer. Il se sentait lié à eux, à leur respiration dans la nuit, à cette cuisine en désordre, à ces portraits de famille, à cette chambre aux draps froissés, à la rumeur de leurs voix.

Pour la première fois depuis qu'il était devenu orphelin, il se sentait appartenir à une vraie famille.

Dès qu'il l'avait appelé, le Docteur Hector avait accepté de le recevoir le soir même, après son dernier patient, ce qui était fort gentil.

Quand il s'était retrouvé assis en face de lui, dans la douce lumière de ce bureau si joliment orné de statuettes, il avait remarqué que le Docteur Hector avait l'air épuisé, comme un homme qui revient d'une longue chasse, bien qu'il fût évident qu'il venait de passer la journée assis sur son fauteuil. Ulik se demanda comment il parvenait à passer sa vie ainsi enfermé, mais il était vrai que c'était le cas de la plupart des Kablunaks, et même, chose encore plus incroyable, de leurs enfants. En plus de la solitude, l'enfermement était la deuxième grande épreuve dont ils avaient fait une habitude.

Le Docteur Hector l'avait écouté en faisant des petits « mmh... mhh... » qui montraient qu'il écoutait bien. Puis il lui avait demandé.

— Et si vous étiez revenu vous expliquer avec Juliette, que lui auriez-vous dit ?

— Que ce qui se passe entre sa mère et moi est réciproque. Personne ne profite de l'autre. Nous faisons l'amour, très souvent, et avec beaucoup de plaisir.

— Hum, je crois qu'il est mieux que vous n'ayez pas dit ça à Juliette.

— Je m'en doutais, c'est pourquoi je voulais vous en parler.

Le Docteur Hector s'étira dans son fauteuil, tortilla sa moustache et se mit à parler doucement, comme s'il pensait tout haut.

— Les enfants sont souvent angoissés et perturbés de découvrir la passion amoureuse chez un de leurs parents. Ils ressentent cela comme un risque d'abandon. Même de grands enfants comme Juliette. Elle est très attachée à sa mère et on peut penser qu'elle trouve menaçant que vous preniez tant d'importance pour elle, d'autant plus qu'elle a déjà été traumatisée par un abandon, quand son père a quitté le foyer, et là aussi pour vivre une affaire passionnelle.

Ulik réfléchit. Il était surpris de trouver si simple ce que lui racontait le Docteur Hector. Comment n'avait-il pas trouvé cela tout seul ? Mais il se dit qu'il en était ainsi de tout. Quand vous les observez, les gestes du meilleur chasseur vous paraissent toujours simples, jusqu'à ce que vous vous aperceviez que vous êtes incapable de les imiter.

— Bien entendu, dit le Docteur Hector, ce sont des suppositions. Je n'ai vu Juliette qu'une fois, un jour avec Thomas, mais ce que je vous raconte est assez fréquent.

— Mais pourquoi ramène-t-elle tout cela à cette histoire de profiteur, je serais un profiteur.

— C'est une défense.

— Une défense ?

Il savait que ce nom désignait l'action de se défendre, mais aussi les grandes dents des morses.

— Ah, dit le Docteur Hector, il faut que je vous explique. Quand une pensée ou une émotion est trop douloureuse à accepter, notre esprit est capable de la cacher à nous-mêmes, ou de la transformer d'une manière plus acceptable. Avoir peur d'être délaissée par sa mère est une émotion difficile à accepter pour Juliette : c'est reconnaître qu'elle est encore une enfant...

Ulik se sentait tout à fait d'accord. Bien qu'elle eût déjà les formes troublantes d'une femme, il sentait toujours la petite fille en Juliette.

— ... alors elle transforme cette émotion inacceptable en une autre plus confortable : la haine contre vous. Mais comme c'est une jeune fille raisonnable, il lui faut un prétexte, alors son esprit lui en fabrique un : vous êtes un profiteur, ce qui lui permet de vous haïr librement.

Ulik réfléchit. Il aimait beaucoup ce nouveau sens du mot défense et il se rendait compte que cela lui expliquait bien des choses.

— C'est un peu comme lorsqu'une jolie femme intéresse beaucoup les hommes, dit-il. Les autres femmes lui trouvent tous les défauts, mais aucune ne reconnaît que c'est parce qu'elle est jalouse ou qu'elle souffre de ne pas se sentir aussi jolie qu'elle, pensées indignes ou trop attristantes.

— Voilà ! dit le Docteur Hector. C'est exactement ça.

Pour montrer au Docteur Hector qu'il avait fait des progrès dans la connaissance du monde kablunak, Ulik lui avait apporté une épreuve de son interview dans le grand journal féminin, qui n'était pas encore paru. Le Docteur Hector le lut attentivement, de temps en temps en souriant.

— J'aime bien votre conclusion, dit-il : « Donnez aux hommes l'envie de vous protéger. » Mais c'est un peu tard...

— Pourquoi ?

— Parce que maintenant, elles sont élevées un peu comme des garçons : on les encourage à savoir se débrouiller toutes seules, ce qu'elles font très bien d'ailleurs.

— Alors, les hommes n'ont plus envie de les protéger ?

— Oui, maintenant, ils peuvent les quitter sans se sentir coupables. Les femmes excitent toujours leur instinct sexuel, mais plus tellement leur instinct de protection. Pendant des millénaires, il fallait les deux pour se reproduire ; une femme que vous ne protégiez pas risquait de mourir avec son bébé, le vôtre. Aujourd'hui, il ne reste plus que l'instinct sexuel, et l'instinct sexuel masculin n'est pas forcément la pulsion la plus sympathique du monde quand on la lâche en liberté...

Ulik comprenait ce qu'il voulait dire. Sans règles pour les contrôler, les hommes auraient eu tendance à essayer de coucher avec toutes les femmes qu'ils trouvaient appétissantes, et aucune tribu n'aurait pu survivre à un tel régime. Mais peut-être les Kablunaks avaient-ils inventé de nouvelles règles ?

À cet instant le téléphone sonna sur le bureau du Docteur Hector.

— Excusez-moi, dit-il à Ulik, et il décrocha.

Dès qu'il reconnut l'interlocuteur, il abandonna sa posture alanguie et se pencha en avant, l'air préoccupé.

— Mais tu m'avais dit que tu étais d'accord !

Ulik distinguait une voix de femme. Le Docteur Hector l'écouta assez longtemps, puis il reprit.

— Mais moi cela m'aurait fait plaisir de te voir ce soir...

La femme prononça une phrase courte et Ulik eut l'impression que le Docteur Hector venait de recevoir un coup.

— ...bon, dit-il, je... j'ai compris... Je suppose que je l'ai cherché.

La femme continua de parler, d'une voix plus douce, semblait-il. Le Docteur Hector l'interrompit.

— ...écoute, je ne sens plus tellement l'envie de parler. Je comprends très bien ce que tu veux me dire, alors je n'ai pas besoin d'en entendre plus.

La femme prononça encore quelques mots puis se tut.

— Je regrette que tu m'annonces ça par téléphone, dit le Docteur Hector, mais je suppose que je n'ai pas su l'entendre avant.

La femme ne répondit pas.

— Au revoir, dit le Docteur Hector. Prends soin de toi.

Et il raccrocha.

Ulik vit qu'il le regardait, mais sans le voir. Son esprit était resté avec cette femme et il était visible qu'il souffrait beaucoup.

— Hum, dit-il... Excusez-moi. Revenons au problème de... Juliette. Ou, de Thomas, nous pourrions parler de Thomas...

Il semblait faire un grand effort pour se concentrer, mais son regard n'arrivait pas à redevenir présent.

Ulik comprit qu'il était venu chercher de l'aide auprès de cet homme, mais que maintenant c'était à son tour de lui en apporter.

— Docteur dit-il, vous avez été enfermé toute la journée. Si nous allions boire un verre ?

Le Docteur Hector n'avait jamais bu de Polar Bear auparavant, mais il accepta volontiers d'essayer.

Ulik se sentait assez fier de revenir dans ce bar et de montrer aux serveurs qu'il était maintenant tout à fait à l'aise et qu'il amenait un ami aussi intéressant que le Docteur Hector.

Ils s'étaient assis à la même table à laquelle il s'était senti si mal la dernière fois. Que de rapides progrès il avait faits depuis dans la connaissance du monde kablunak !

Il évitait cependant de laisser voir trop de contentement, car il voyait bien que le Docteur Hector continuait de souffrir : il buvait de petites gorgées de son cocktail d'un air mélancolique. Derrière leur comptoir, les serveurs leur jetaient des coups d'œil intéressés et échangeaient des propos en sourdine. À une table voisine, trois Japonais, différents de ceux de la dernière fois, buvaient en émettant de petits rires étouffés, et il sembla à Ulik qu'ils avaient pris pas mal d'avance sur le Docteur Hector et lui. À part cela, le bar était très tranquille et Ulik réalisa soudain que la pièce avait à peu près la taille d'un grand igloo, et que la douce pénombre, la lumière tamisée pouvaient ajouter à cette impression expliquant pourquoi il s'y sentait mieux qu'ailleurs.

Mais il était temps de venir en aide au Docteur Hector. Peut-être pouvait-il amener cet homme à parler de ses soucis ? En même temps, il ne souhaitait pas le vexer en lui montrant trop de compassion. Le mot inuit pour compassion ou consolation était *naklik* et s'il était bien normal que les femmes et les enfants puissent accepter sans honte de recevoir du *naklik*, un homme véritable ne devait jamais en montrer le besoin, sauf dans le cas d'un grand malheur que tout le monde pouvait comprendre, comme la mort d'un enfant ou la perte de son traîneau. Il se dit que cela pourrait peut-être intéresser le Docteur Hector et le distraire un peu de ses sombres préoccupations.

— Savez-vous ce qu'est le *naklik* ?

— Non. C'est une de vos coutumes ?

Ulik le lui expliqua. Le Docteur Hector l'écouta avec intérêt.

Finalement, il sourit.

— Ce qui est amusant, dit-il, c'est que je réalise qu'une partie de mon métier, c'est d'apporter aux gens du *naklik*.

— Vous voulez dire, aux gens qui viennent vous voir ?

— Oui.

— Mais vous ne les connaissez pas ?

— Au début non, mais on fait connaissance.

Les Kablunaks avaient donc créé une spécialité même pour cela : consoler celui ou celle qui est dans la détresse ! Il se demanda combien de découvertes effarantes il lui restait encore à faire.

— Mais n'ont-ils pas des familles, des amis qui pourraient les écouter et les consoler ?

— Hmmm... Si, parfois, ils en ont, mais ils ne peuvent pas toujours faire appel à eux. Ici, en ville, tout le monde est toujours pressé, alors vous ne pouvez pas accaparer vos amis pour leur raconter vos souffrances. Vous craindriez de les perdre. Et puis tous n'ont pas d'amis. Beaucoup de gens arrivent dans cette ville sans connaître grand-monde et ils sont trop timides pour lier connaissance, alors ils se retrouvent tout seuls le soir chez eux. Et là, si vous commencez à vous sentir triste, cela devient de pire en pire... Des millions de gens vivent seuls, sans forcément l'avoir choisi, ajouta le Docteur Hector en buvant la dernière gorgée de son Polar Bear.

Ulik pensa à Marie-Alix, à Florence, puis à toutes ces jeunes femmes qu'il avait vues se présenter à la télévision à la recherche d'un homme. Et encore à tous les hommes seuls, comme Marcel, qui ne trouvaient pas de femme et voulaient en faire venir de pays lointains.

— Mais comment votre société en est-elle arrivée là ? demanda-t-il.

Le Docteur Hector sourit.

— Je ne suis pas sûr de le comprendre moi-même. Mais il y a différentes causes. Nos... coutumes ont beaucoup changé en un siècle. Avant, tout le monde ou presque vivait à la campagne, et je crois que la vie n'était pas si différente de celle de votre tribu – je veux dire pour ce qui est du rapport entre les hommes et les femmes, ou du fait que les gens n'étaient jamais seuls.

— Les hommes et les femmes étaient-ils plus heureux ensemble ?

— C'est difficile à dire. Mais, de toute façon, aujourd'hui, personne n'accepterait de revivre cette vie-là, surtout pas les femmes. Elles ont appris à attendre autre chose de la vie.

Le serveur vint leur demander s'ils souhaitaient boire autre chose.

— Deux Sea Breezes, dit le Docteur Hector. Ulik, je crois que vous allez bien aimer celui-là.

Il avait raison. C'était comme une douce caresse, une fraîcheur qui vous laissait aussi brillant et serein qu'un glacier au lever du soleil.

— Et alors, que veulent les femmes d'ici ?

Le Docteur Hector rit.

— C'est toute la question. Et tout à l'heure, vous avez dû voir que je ne suis pas forcément le meilleur pour trouver la réponse.

Il s'arrêta de parler et but assez rapidement la moitié de son Sea Breeze.

— En pays inuk, dit Ulik, elles veulent que vous sachiez les protéger des duretés de notre vie. Chasser suffisamment bien pour nourrir et vêtir la famille. Montrer que vous êtes un homme en ne vous laissant pas humilier par les autres chasseurs. Et puis, bien sûr, c'est encore mieux si on aime faire l'amour ensemble.

— Et pour vous, qu'est-ce qu'une bonne épouse ?

— Il faut qu'elle aussi soit courageuse, qu'elle s'occupe de vos vêtements, qu'elle tienne bien l'intérieur de l'igloo, qu'elle soit une bonne mère, qu'elle soit de bonne humeur, et puis bien sûr, qu'elle aime faire l'amour.

Le Docteur Hector réfléchit.

— Vous avez trouvé un système d'échange. Je crois que nous, nous avons un peu perdu le nôtre. Et nous n'en avons pas encore trouvé de nouveau.

Il but l'autre moitié de son Sea Breeze, et continua, comme se parlant à lui-même.

— Et moi le premier...

À cet instant, deux jolies jeunes femmes entrèrent et allèrent s'asseoir au bar. Ulik reconnut Jacinthe et son amie. Il regarda le Docteur Hector et se dit que cela lui ferait peut-être du bien de faire leur connaissance.

— Psychiatre comme métier, ça doit être drôlement intéressant, dit Jacinthe.

— Mais ça ne vous fatigue pas d'entendre les malheurs des gens toute la journée ? demanda Géraldine.

Au début, le Docteur Hector avait paru assez intimidé par leur présence. « Non, non, Ulik, ce sont des... », lui avait-il même glissé, quand Ulik avait fait signe aux deux jeunes femmes de venir s'asseoir à leur table. Mais c'était trop tard, car dès que Jacinthe avait reconnu Ulik, elle avait touché le bras de son amie, et elles étaient aussitôt descendues de leurs tabourets pour venir les rejoindre.

Comme le métier du Docteur Hector semblait intéresser beaucoup Jacinthe et Géraldine, il leur en avait parlé volontiers, et très vite son embarras avait disparu. Il était redevenu tel qu'Ulik le connaissait, toujours calme, et avec un petit sourire montrant qu'il était prêt à vous trouver sympathique, qui que vous soyez.

Ulik n'intervenait pas dans la conversation. D'abord, tant que le Docteur Hector parlait aux jeunes femmes, cela le distrayait de ses soucis. Ensuite, voir ces belles Kablunaks de tout près, avec leurs jolis sourires et leurs seins qui tendaient leurs vêtements, lui donnait une furieuse envie de les serrer contre lui et de les emmener dans sa chambre. Problème : laquelle choisir ? On aurait dit deux sœurs, sinon que Jacinthe, celle qu'il connaissait déjà, était brune – pas autant qu'une Inuit cependant – tandis que Géraldine était blonde, avec le même genre de peau que celle de Marie-Alix mais les cheveux plus clairs, presque de la couleur du pelage des très jeunes rennes avant qu'ils s'assombrissent. Devait-il revenir à Jacinthe, qui lui avait laissé d'excellents souvenirs ou faire la découverte de Géraldine, qui lui en laisserait peut-être de meilleurs encore ?

Il commençait à comprendre ce que vivaient les hommes ici : avec toutes ces femmes libres, comment s'arrêter à une seule, comment rester fidèle à celle qui vous appartenait ? Une image fugace de Marie-Alix lui revint, qu'il chassa aussitôt.

— Vous avez un très joli bijou, dit le Docteur Hector à Jacinthe, en remarquant son pendentif qui oscillait à la naissance de ses seins, une silhouette de femme sculptée dans de l'ivoire de narval.

Jacinthe sourit en portant la main à son bijou et jeta un coup d'œil à Ulik. Un éclair de compréhension passa dans les yeux du Docteur Hector.

Ils reprirent tous les quatre des Sea Breezes et la conversation continua dans une douce complicité. Ulik sentait que les deux jeunes femmes étaient intéressées par ce que racontait le Docteur Hector, et il aurait presque pu se sentir jaloux si Jacinthe ne lui avait pas adressé de temps en temps des sourires qui montraient qu'elle gardait un bon souvenir de lui.

Finalement, ce fut Géraldine qui fit remarquer qu'il était tard et qu'ils n'avaient pas encore dîné.

— Room service ! s'exclama Ulik.

C'était un des moyens qu'il avait trouvés pour supporter la solitude les premiers jours : se faire apporter à dîner dans sa chambre vous garantissait la visite de quelqu'un, même si cette personne ne restait que le temps de déplier la table roulante et d'enlever d'un geste vif les couvercles qui recouvraient les plats fumants.

Ils se retrouvèrent tous les quatre dans sa chambre et on leur apporta des salades de crabe, des soles, du vin blanc, des glaces. Ulik se sentait heureux et fier d'avoir provoqué cette rencontre. Il voyait bien que le Docteur Hector avait presque oublié ses soucis, même si par moment une onde de tristesse passait dans son regard, le laissant silencieux quelques secondes.

Ulik sentait monter son désir pour Jacinthe et il n'arrivait pas à la quitter des yeux, tandis qu'elle parlait avec le Docteur Hector tout en lui adressant de petits coups d'œil complices. Lorsqu'elle eut terminé sa glace, elle demanda au Docteur Hector s'il était possible de ne jamais se remettre d'un chagrin d'amour.

— Ah oui, moi aussi j'aimerais savoir, dit Géraldine. J'ai une amie, elle ne s'en est toujours pas remise et ça fait trois ans maintenant.

— Cela peut arriver, dit le Docteur Hector. Mais, en général, la vie reprend le dessus, on se remet à vivre normalement... Ou à faire semblant, ajouta-t-il, comme s'il se parlait à lui-même.

Jacinthe et Géraldine se regardèrent. Le Docteur Hector se reprit.

— Mais justement, en parler peut aider. Lorsqu'on est psychiatre, on voit pas mal de gens qu'on aide dans ce genre de situation.

— Je vais lui donner votre adresse, à mon amie, dit Géraldine.

— On vous fatigue peut-être à vous faire parler de votre travail, dit Jacinthe.

— Non, pas du tout, dit le Docteur Hector avec son sourire gentil. Mais je vois qu'il est tard, il faut que je rentre. Demain, je dois être bien réveillé pour écouter mes patients, ajouta-t-il en se levant de table.

— Vous n'allez pas nous quitter déjà dit Géraldine, en se levant et en lui prenant le bras.

Ulik sentait que le Docteur Hector avait envie de rester avec Géraldine – même un métier aussi étrange que le sien n'avait pas pu lui faire oublier qu'il était un homme – mais qu'une autre partie de lui le lui interdisait, un peu comme lorsqu'on est tenté par la femme d'un autre chasseur, qu'on voit son sourire en réponse, mais qu'on ne se donne pas à soi-même la permission d'aller plus loin.

Se disant que le Docteur Hector avait besoin d'aide, il se leva et prit Jacinthe par le bras.

— C'est nous qui allons vous laisser.

— Mais... Ulik, dit le Docteur Hector.

— Permettez-moi de vous offrir l'hospitalité cher Docteur, dit Ulik en entraînant Jacinthe vers la porte.

Juste avant qu'elle se referme, il eut une dernière vision du Docteur Hector qui regardait Géraldine d'un air embarrassé tandis qu'elle riait en lui passant les bras autour du cou.

En passant devant la réception, il demanda à Jacinthe de vite téléphoner dans la chambre pour dire à son amie de ne rien demander au Docteur Hector, qu'elle pourrait elle aussi choisir un de ses cadeaux du pays inuk.

Après une première fois, Jacinthe dit :

— Ce que j'aime bien quand je suis avec toi, c'est que je peux oublier qui je suis, parce que tu l'oublies aussi. Ou peut-être que tu ne le comprends pas vraiment.

Ulik lui raconta alors l'histoire des visites des femmes inuits sur les bateaux des baleiniers. Elle eut l'air étonnée.

— Mais qu'en pensaient leurs maris ?

— Cela dépendait des maris. Certains empêchaient absolument leurs femmes d'y aller, d'autres pensaient à tout ce qu'elles pouvaient rapporter comme objets utiles pour la tribu.

— Décidément, il y a des maquereaux partout.

Il fut surpris par cette réflexion et elle dut lui expliquer le second sens du mot maquereau.

— Et toi, tu en as un, de maquereau ? finit-il par demander.

— Pourquoi ? Ça t'intéresse ?

Elle le regardait en souriant, avec un petit air espiègle qui l'amusait et le contrariait à la fois.

— Je crois que je n'aimerais pas le rencontrer.

— Eh bien ça ne risque pas d'arriver !

Elle lui expliqua que non, elle n'avait pas de maquereau. Il lui arrivait de travailler pour une organisation qui proposait à des hommes d'affaires ou des grands chefs kablunaks une jeune femme pour leur tenir compagnie, une « escort girl », et elle devait reverser de l'argent à cette organisation.

— Mais c'est un partenariat, dit-elle. En plus, cela ne m'empêche pas de trouver des clients de mon côté. C'est comme ça que je me suis payé tout ça.

L'appartement de Jacinthe était très différent de celui de Marie-Alix. Très moderne, avec une moquette presque aussi blanche que le pelage de Nanook et au mur non pas des portraits de famille, mais des tableaux qui sans représenter rien de particulier étaient quand même intéressants à regarder. Deux attirèrent son attention. Il lui semblait reconnaître la silhouette de Jacinthe à travers une sorte de brume écarlate.

— C'est mon premier *boy friend*. Il était peintre.

Et elle lui expliqua comment elle avait commencé dans le métier.

— On vivait ensemble et je croyais en lui. Mais la vie était dure, il avait du mal à vendre – il était un peu ours, il ne savait pas parler aux gens intéressés par sa peinture. Alors c'est moi qui jouais à la femme de l'artiste, toujours aimable, en forme, souriante.

Et en la regardant, allongée nue avec l'aisance d'une très jolie loutre, Ulik l'imaginait bien dans ce rôle.

— À un moment, on est arrivé au bout du rouleau. Tu ne peux pas imaginer ce que c'est que de manquer d'argent dans une ville comme celle-ci. On finissait par ne plus se nourrir que dans les dîners où l'on était invités, mais on arrivait à faire bonne figure, à cacher notre misère.

Elle rabattit le drap sur son corps, le ramenant sous son menton comme si elle avait froid. Elle continuait à lui parler en regardant le plafond.

— On rencontrait régulièrement un homme très riche, qui collectionnait de l'art contemporain. Il aimait l'art, c'est vrai, mais je crois que ce qu'il aimait beaucoup, c'était avoir une cour d'artistes empressés autour de lui, les rendre célèbres et se flatter d'être leur ami. Quand il a commencé à s'intéresser à la peinture de Jean, on a cru à la chance de notre vie. Mais j'ai vite compris qu'il s'intéressait encore plus à moi et j'ai compris le marché.

Elle se tut. Son humeur avait changé, comme la couleur de la banquise quand un nuage cache le soleil.

— Et voilà, ce fut mon premier acte de pute. Tu trouves que c'est une belle histoire ?

— C'est une preuve d'amour que de se sacrifier pour quelqu'un qu'on aime, répondit-il après un instant de réflexion.

— Ah, tu peux le dire. Le problème, c'est de continuer ensuite à aimer cette personne.

C'était vrai : l'ami de Jacinthe avait oublié qu'une femme peut aimer protéger l'homme qu'elle aime, mais qu'elle a du mal à aimer un homme qui ne la protège plus du tout.

Jacinthe se retourna sur le ventre et se mit à lui parler de si près qu'il pouvait voir les paillettes dorées dans ses yeux.

— S'il ne s'était aperçu de rien, j'aurais peut-être pu continuer à l'aimer. Mais il a compris ce qui se passait, et m'a laissée faire quand même. Alors, j'ai cessé de l'aimer. En même temps je découvrais ce qu'était vraiment l'argent. Et tu veux savoir le plus horrible ?

— Je ne suis pas sûr.

— Je pense que c'est intéressant pour toi. Le plus horrible, c'est que j'ai commencé à aimer l'autre. C'était un salaud, un égoïste, où qu'il aille il voulait toujours être le roi de la fête. Mais il était drôle, il savait faire tourner le monde autour de lui et c'était une force terrible, finalement. C'est ce qu'il y a de triste : nous aimons la force, nous les filles, même chez les salauds, et les salauds sont souvent forts.

Et Ulik pensa à Kuristivoq le vantard et se redressa sur le lit. Il fallait qu'il revienne aussitôt en pays inuk.

— Bon, enfin après ça, j'ai eu une grosse gueule de bois à propos de l'amour. Et puis, par ce mec, j'avais commencé à fréquenter des hommes vraiment riches.

— Mais pourquoi n'es-tu pas restée avec l'un d'entre eux ?

— Alors ça, c'est la grande question. La vérité, c'est qu'à mon avis je ne peux plus être amoureuse. Le couple, tout ça, je crois que je ne peux pas le supporter.

Ulik comprenait, mais il pensait quand même que prêter son corps à des hommes qu'on ne connaissait pas une heure auparavant était un métier difficile. Jacinthe lui expliqua que pour elle, ce n'était presque plus jamais le cas.

— Le soir où on s'est rencontrés, je ne travaillais pas, je ne trouve jamais des clients comme ça.

Je venais juste papoter avec une copine. Mais, en sortant, j'ai entendu le concierge parler de ton problème. Alors, l'occasion... et puis je t'avais déjà remarqué dans le bar, je me disais que tu devais être un client sympa. D'habitude, comme on peut dire que je plais beaucoup, les clients veulent me revoir, alors je finis par n'avoir que des habitués, ou des recommandés par des habitués, ce qui revient presque au même. Pour certains, je travaille un peu au forfait, ils ont un prix à payer pour que je me rende disponible quand ils appellent, plus des cadeaux. Ma vie n'a rien à voir avec celle de ces pauvres filles qui sont dans la rue. Pour elles, c'est l'enfer. On peut dire que j'ai de la chance, conclut-elle.

Mais Ulik eut l'impression qu'elle essayait de se convaincre elle-même. Une question le tracassait : les baleiniers n'avaient pas de femmes à bord, on pouvait les comprendre. Mais avec tant de femmes seules et disponibles, pourquoi les hommes d'ici faisaient-ils appel à des filles comme Jacinthe ? Elle lui expliqua que ses clients, des hommes importants, avaient toujours envie de connaître d'autres femmes, mais qu'ils étaient souvent mariés et ne voulaient pas des complications d'une nouvelle relation. En plus, leurs cheveux avaient commencé à tomber ou à blanchir et séduire une femme aussi belle et jeune que Jacinthe n'était plus très facile pour eux, sauf peut-être pour ceux qui travaillaient à la télé ou dans le cinéma.

— Si tu veux, dit-elle, je leur fais faire des économies d'énergie. Avec moi, ils transforment leur fric en temps gagné. Et puis je leur permets de se sentir importants et valeureux, ce qui n'est pas le cas de leur femme en général. Avec certains hommes, on n'est pas trop de deux femmes pour les garder à la maison...

Puis elle l'enlaça et le ramena près d'elle.

— Mon bel Inuit, dit-elle, si on oubliait un peu toutes ces histoires ?

Après l'image de Marie-Alix, c'est celle de Navaranava qu'il fut contraint d'effacer pour quelque temps. La vie d'un homme était bien compliquée en pays kablunak.

L'appartement était silencieux. Les enfants étaient partis à l'école. Et puis il entendit des voix dans le salon. Une voix d'homme. Sentant la colère monter en lui, il réalisa à nouveau que cet appartement était devenu son foyer.

— Je ne vois vraiment pas ce que tu peux dire sur la manière dont je mène ma vie, disait Marie-Alix.

— Les enfants sont concernés, répondait l'homme. Ce sont mes enfants aussi.

— Ulik est gentil avec eux. Et il s'occupe de Thomas, lui !

Marie-Alix était assise sur le canapé, encore en robe de chambre, tandis qu'un homme en costume gris lui parlait en parcourant nerveusement la pièce. Ils se turent tous les deux en apercevant Ulik sur le seuil.

— Mais... dit l'homme. Mais...

Il était un peu plus âgé que Marie-Alix, sans doute l'âge du Président, à qui il ressemblait un peu, sinon qu'il n'avait aucun cheveu blanc – sûrement grâce à la même science qu'utilisait Florence et tant de vieux Kablunaks. Il avait l'air stupéfait.

— Mais c'est un gamin, dit-il.

— Charles, j'aimerais que tu ne parles pas d'Ulik à la troisième personne.

— Bon Dieu, mais c'est un gamin...

— Écoute, je crois que tu es assez mal placé pour faire ce genre de remarque, dit Marie-Alix en se levant brusquement.

— Bonjour monsieur, dit Ulik.

Comment cet homme était-il assez fou pour oublier les rituels de salut ? Ne sentait-il donc pas le danger de cette rencontre ?

— Ah.. heu, bonjour... Ulik.

Ils se tendirent la main. Ulik la serra juste assez pour que l'autre sente qu'un combat aurait été vain. Mais le visiteur ne semblait pas disposé à la violence. Plutôt gêné, comme si trouver un jeune chasseur inuk dans ce qui avait été son salon était une situation à laquelle sa vie ne l'avait pas préparé.

Marie-Alix se leva.

— Bon, je vais vous laisser faire connaissance, moi je vais me préparer. Ulik, nous avons une réunion importante tout à l'heure.

Ils restèrent debout, l'un face à l'autre, et Ulik se demandait comment commencer la conversation. Charles lui jetait de brefs coups d'œil, comme s'il n'arrivait pas à se convaincre de ce qu'il voyait.

— Thomas est un bon petit garçon, finit par dire Ulik.

— Ah ? Oui, c'est vrai. Mais il nous donne du souci.

— Je sais. J'ai rencontré le Docteur Hector.

— Ah, très bien. C'est un très bon médecin.

— J'en suis sûr. Je l'ai trouvé très sympathique.

Et ils continuèrent ainsi quelque temps. Ulik se disait qu'il en était de même en pays inuk. Quand on rencontre un homme d'une autre tribu dont on ignore les intentions, on commence par parler de toutes les choses sur lesquelles on peut tomber d'accord : le temps, les résultats de la chasse, la qualité des chiens. Et là c'était plus facile, puisqu'ils avaient un certain nombre de sujets en commun.

— Et vous allez rester longtemps ? demanda Charles.

— Je ne sais pas, dit Ulik.

Il avait pensé répondre « non, je souhaite repartir bientôt » mais il avait pensé qu'il aurait été discourtois d'en parler à cet homme avant d'aborder ce sujet avec Marie-Alix. Justement, elle revenait, toute pimpante dans un tailleur de la même couleur ou presque que le costume de son mari.

— Ça me fait plaisir de voir que vous ne vous êtes pas battus.

— C'est malin, dit Charles.

Et ils se quittèrent en se serrant la main. Charles trébucha en passant la porte.

Plus tard, dans la voiture, alors qu'Ulik n'osait trop rien dire, Marie-Alix aborda le sujet.

— Je ne vous demande pas où vous avez passé la nuit.

Et elle lui jeta un regard mince, aigu.

— À l'hôtel.

— Vraiment ?

— Oui, j'aurais dû vous prévenir. Je... je voulais me retrouver un peu... seul.

— Comme je comprends cela. Mais je me suis inquiétée.

— Je suis désolé, j'aurais dû vous prévenir.

— Ce qui est curieux c'est que j'ai voulu vous appeler, on m'a passé votre chambre.

— Ah, je devais dormir, je n'ai pas répondu.

— Quelqu'un a répondu en tout cas.

— Vraiment ?

— Bravo, vous avez vite appris à dire « vraiment ? », c'est très chic.

Il sentit de l'ironie dans sa voix. Puis elle se tut. Il commença à réfléchir furieusement. Qui avait répondu ? Géraldine ou le Docteur Hector ? Et si c'était ce dernier, Marie-Alix avait-elle reconnu sa voix ? Non, ce devait être Géraldine qui avait décroché en s'attendant à un appel de Jacinthe.

— Cela me fait plaisir de voir que tous les hommes ont tous la même tête quand ils préparent un bobard, dit-elle.

— On a dû vous passer une autre chambre, ils se sont trompés.

— Non, ils ne se sont pas trompés, parce que j'ai vérifié, j'ai rappelé. La première fois c'était une voix de femme, charmante d'ailleurs. La deuxième fois, c'était encore elle, mais derrière j'ai entendu une autre voix, une voix d'homme.

— Impossible que ce soit moi, dit Ulik.

Il pouvait encore s'en tenir à la version « on s'est trompé deux fois de chambre ».

— Marie-Alix, on vous aura passé la mauvaise chambre.

— Non, ce n'était pas vous. C'était une jeune femme qui a commencé par m'appeler Jacinthe, puis qui m'a dit que vous vous étiez absenté et qu'elle était prête à prendre un message. Je n'en ai pas laissé. J'ai aussi entendu la voix de l'homme qui demandait « C'est Ulik ? » et j'ai bien cru reconnaître... la voix du Docteur Hector.

Comment reconstruire vite une histoire qui tienne ? Le Docteur Hector était passé lui rendre visite dans sa chambre avec une amie...

— Je vous en prie, dit Marie-Alix. Ne faites pas cette tête-là, et surtout ne dites rien. Et puis, mon mari a peut-être raison, vous êtes un gamin après tout.

Elle avait dit cela pour lui faire du mal, mais il s'aperçut que c'était elle qui avait les larmes aux yeux.

— Marie-Alix...

Il voulut poser sa main sur son bras, mais elle la repoussa vivement en faisant faire un écart à la voiture. Les klaxons se déchaînèrent derrière eux.

— Quelle conne je fais, murmurait-elle.

Et elle essuyait ses larmes du revers de sa main, sans cesser de conduire.

Avec toutes ces complications, il avait à nouveau envie de parler au Docteur Hector.

Mais le répondeur lui apprit qu'il n'était plus à son cabinet. Heureusement, il lui avait laissé son numéro de téléphone mobile.

— Ah, Ulik. Mais bien sûr, rejoignez-nous.

Le Docteur Hector était en train de dîner avec un ami, Édouard. Ulik les trouva attablés dans un petit restaurant au coin d'une rue très tranquille. Tous les clients avaient l'air d'habitués.

— Salut et fraternité à notre ami du Grand Nord, dit Édouard en levant son verre.

Ulik aurait préféré retrouver le Docteur Hector seul, pour pouvoir lui demander si sa soirée s'était bien passée avec Géraldine, mais, d'un autre côté, Édouard, avec son air joyeux et ses joues roses, lui paraissait fort sympathique. Il n'avait pas la même spécialité que le Docteur Hector : Édouard travaillait dans une grande banque, et il expliqua que son travail consistait à prêter beaucoup d'argent à des gens déjà riches.

Le Docteur Hector et Édouard étaient de vieux copains, mais ils trouvaient qu'ils n'avaient plus assez de temps pour se voir, car tous les deux travaillaient trop.

Ulik expliqua qu'en pays inuk on voit tout le temps ses amis, puisque c'est avec eux que l'on choisit de partir chasser.

— Pour ça, je me ferais bien Inuit, dit Édouard.

— Et tu resterais fidèle à la même femme ? demanda le Docteur Hector.

— Peut-être, dit Édouard.

Le Docteur Hector sourit.

— Voilà un bon exemple pour comprendre notre monde, dit-il à Ulik. Édouard vit seul, alors qu'il aurait tout à fait l'âge d'être marié.

— Mais j'ai été marié, dit Édouard, j'ai même un fils.

— Oui mais, depuis, tu aurais pu te remarier.

— Et toi aussi... Oh pardon.

Une vague de tristesse passa sur le visage du Docteur Hector. Il était visible que la femme à qui il parlait au téléphone l'autre jour n'était pas revenue.

Ulik se souvenait du pauvre Marcel qui vivait à la campagne et dont les femmes ne voulaient pas, mais comment expliquer que deux hommes qui habitaient une grande ville, avec des spécialités qui rapportent, puissent rester célibataires ?

— Moi, c'est parce qu'une fois m'a suffi, dit Édouard.

J'ai mis deux ans à me remettre du divorce. À un moment, j'ai même cru que je n'arriverais plus à revoir mon fils.

Mais pourquoi Édouard et sa femme avaient-ils divorcé ?

— Je n'ai toujours pas compris, dit Édouard. Je trouve que j'étais un bon mari.

— Édouard, tu es un très bon copain, mais je ne sais pas si tu étais un très bon mari.

— D'accord, je travaillais beaucoup, mais elle n'aurait pas aimé un perdant de toute façon. Et puis on avait une vie confortable, et j'étais un bon papa.

— Je crois que ce n'était pas seulement à cause de ton travail.

— Bon, d'accord, mais pour le reste elle n'était pas au courant, et puis ce n'était jamais des histoires sérieuses.

— Oui, mais les femmes le sentent, continua le Docteur Hector.

— Bon, bon, peut-être. Mais elle me reprochait aussi de n'être pas assez à la maison. En même temps, elle ne refusait pas le mode de vie qu'on avait, et ça c'était quand même grâce à mon travail de dingue.

Une serveuse apporta ce que le Docteur Hector avait commandé pour Ulik : de l'espadon avec des petits légumes. Elle était tellement jolie qu'il mit quelques secondes avant de pouvoir savourer la nourriture : le poisson, à peine cuit, était délicieux.

— Je crois que l'histoire d'Édouard est un bon exemple.

— Merci Hector, j'ai toujours su que j'étais un exemple.

— Je veux dire, ta femme aussi.

— Ah, non, pitié, pas elle.

— Mais si. Tout ça, c'est une histoire de frustrations.

— De frustrations ?

— Mais oui. Faire durer un mariage suppose d'accepter des frustrations. Pour un homme, c'est se frustrer en restant fidèle, et je t'accorde qu'en ville, ce n'est pas facile, dit le Docteur Hector en jetant un coup d'œil à la serveuse.

— Et pour les femmes ? demanda Ulik.

— Eh bien, c'est accepter, par exemple, que leur homme ne sera pas toujours très présent parce qu'il sera trop centré sur son travail. Idem pour les hommes d'ailleurs : plus de tendre petite épouse au foyer qui attend le retour de superman, mais une nana qui arrive en retard et de mauvaise humeur à cause de ses problèmes de bureau. La frustration fait que ce ne sera plus l'amour comme dans les débuts. Qu'il faudra faire des compromis sur l'emploi du temps ou le partage des corvées.

— En pays inuk, chacun sait ce qu'il doit faire.

— Justement ici, ce n'est plus pareil. Et nous, en plus, on a perdu l'habitude de supporter les frustrations. Comparés aux générations d'avant, nous sommes des enfants gâtés.

— C'est ce que me dit ma mère, acquiesça Édouard.

— En fait, reprit le Docteur Hector d'un air inspiré, on nous a élevés d'une manière qui ne nous a pas préparés aux frustrations inséparables de la vie en couple.

— Un exemple ? demanda Édouard.

— Mais il y en a des quantités. Par exemple, l'amour passionnel est devenu une valeur.

— Tu veux dire, le grand coup d'addiction sexuelle réciproque ?

— Si tu veux... Mais tout le monde sait bien que l'amour dans un couple ne peut pas se maintenir toujours sur ce mode-là.

— C'est vrai, hélas, dit Édouard en se resservant du vin et en remplissant le verre d'Ulik.

— Et puis, nous sommes habitués très tôt à la solitude. La plupart des jeunes quittent leurs parents pour vivre seuls quelques années, et là prennent des habitudes de liberté, ils font ce qu'ils veulent quand ils le veulent, et ont d'autant plus de mal ensuite à supporter les compromis de la vie à deux.

— Ah, dit Édouard, qui dira le plaisir d'aller dîner quand on veut avec des potes. Ou de prendre son petit déjeuner sans avoir à parler...

— Voilà, et pas mal de femmes pourraient tenir le même discours. Et ma théorie marche aussi pour les enfants.

— Les enfants ?

— Mais oui. Avoir des enfants suppose de s'en occuper, jour après jour. Et pour ça aussi, il faut être capable de se frustrer, de se contraindre, de sortir de soi – de faire des sacrifices, en gros. Et ça, nous en sommes de moins en moins capables.

Ulik commençait à comprendre : la société kablunak valorisait la liberté de chacun et, du coup, beaucoup d'hommes et de femmes ne supportaient plus la perte de liberté que l'on éprouve quand on se trouve marié et qu'on a des enfants. Alors les gens ne se mariaient plus, ou les mariages ne duraient pas, et ils ne faisaient plus beaucoup d'enfants. Peut-être allaient-ils devenir un jour aussi peu nombreux que les Inuits ?

— Mais il y en a quand même qui restent mariés ? demanda-t-il.

— Ah, bien sûr, dit le Docteur Hector. Ceux-là, je les vois en thérapie de couple.

— C'est un peu comme un pompier, expliqua Édouard. Quand on l'appelle, c'est que la maison est en feu !

Mais ils reconnurent tous les deux qu'il y avait quand même des gens mariés et heureux, qui passaient les week-ends ensemble avec leurs enfants, et qui peut-être les préparaient eux aussi à vivre des mariages heureux.

— Ce sont les nouveaux héros de notre société, dit le Docteur Hector.

— C'est vrai que j'ai connu des femmes mariées assez heureuses, ricana Édouard.

— Tu es infernal, conclut le Docteur Hector.

Après quoi la jolie serveuse apporta un dessert qui ressemblait à un petit bloc de banquise molle.

— *Pannacota*, annonça le Docteur Hector.

Encore un nouveau délice. En regardant le Docteur Hector plaisanter avec son ami Édouard, Ulik se dit qu'un jour il risquait d'éprouver une terrible nostalgie du pays kablunak.

Plus tard, il retrouva Marie-Alix.

— Marie-Alix, je ne suis plus votre petit cadeau du Nord ?

— C'est trop facile...

— En tout cas vous êtes toujours mon grand cadeau du Sud.

— J'ai l'impression que vous avez accepté d'autres cadeaux.

Elle lui tourna le dos, comme pour lui montrer que la proximité de tout à l'heure était juste un intermède, terminé maintenant. Elle avait un joli dos pâle où les omoplates pointaient comme deux petites ailes pas encore poussées.

Il hésitait. Fallait-il lui raconter tout ou se maintenir dans un flou rassurant ? Il n'avait pas de réponse à cette question, car en pays inuk il est pratiquement impossible de dissimuler quoi que ce soit. Si vous avez une histoire avec la femme d'un autre pendant qu'il est parti à la chasse, il est évident que quelqu'un le lui racontera dès son retour. Voilà pourquoi il vaut mieux s'arranger avec lui pour qu'il vous prête sa femme, à charge de revanche quand ce sera à vous de quitter le camp ou, si vous êtes célibataire, en échange d'un service voire de gibier que vous aurez chassé pour lui. Quand il avait raconté cela lors de la réunion du grand journal, elles avaient paru choquées, tout en essayant de garder bonne figure pour ne pas le vexer. Ce qu'elles n'avaient pas compris, et qui était difficile à expliquer, c'est que c'était parfois les femmes elles-mêmes qui décidaient de ces échanges, car elles aussi ressentaient des besoins de variété. En plus, certaines en profitaient ensuite pour dominer leur homme en laissant planer le doute sur ses capacités sexuelles comparées à celles des autres. Mais il n'avait pas osé parler de sexe à des femmes qu'il ne connaissait pas, même s'il avait remarqué qu'ici ce n'était pas toujours inconvenant. En tout cas, dans la tribu, après que deux chasseurs lui eurent prêté leur femme, aucun autre n'avait voulu le faire, et il en avait conçu des doutes sur ses capacités d'amant : étaient-elles mauvaises au point que les femmes s'étaient passé le mot et plus aucune n'avait voulu l'approcher, ou au contraire étaient-elles excellentes au point que les hommes, en ayant eu vent, s'étaient décidés à ne plus jamais lui prêter de femmes ? Vu les réactions de Marie-Alix et de Jacinthe, il pouvait pencher maintenant pour la seconde solution.

— À quoi pensez-vous, demanda-t-elle ?

— Au pays inuk.

Elle se retourna vers lui. Il suffisait qu'il ait l'air triste ou nostalgique pour qu'elle revienne à nouveau vers lui. Une femme aussi pouvait aimer protéger l'homme qu'elle aimait.

— Et qu'en pensez-vous du pays inuk?

Éclat de ses dents entre ses lèvres roses, son regard bleu plongé dans les siens.

— Je me sens déchiré.

— Déchiré ?

Il vit une ride apparaître sur son front, un effet de son pouvoir sur elle.

— Je suis bien ici, dit-il en soulevant son bras comme pour désigner à la fois elle, la chambre, les enfants qui dormaient encore de l'autre côté de l'appartement.

— Et vous voulez quand même retourner au pays inuk.

— Oui, car c'est mon pays. Le vent... commença-t-il.

Mais c'était un peu difficile à expliquer, le bruit du vent le matin quand il vous apporte les craquements de la banquise au printemps et que vous vous levez avec la certitude que vous allez trouver quelques morses sommeillant sur la plage.

Et puis, bien sûr, Navaranava. Mais voilà encore un sujet délicat.

— Dites, Ulik, cette très jolie Inuit que l'on voyait à la fin du reportage, vous la connaissez bien ?

Partout dans le monde, elles étaient pareilles.

— Oui. Tout le monde se connaît en pays inuk.

— Elle est mariée ?

— Non.

— Peut-être s'est-elle mariée depuis votre départ ?

— Non !

Tout son corps s'était tendu et il sentait son cœur battre plus vite.

Elle s'appuya sur son coude pour mieux le regarder.

— Mon petit cadeau du Nord... la vie est bien compliquée, non ?

Et elle posa ses lèvres sur les siennes.

Lorsque Thomas était assis sur son fauteuil, ses pieds ne touchaient pas le sol. Quand son père était parti, le petit garçon avait insisté pour s'installer dans la pièce qui lui servait de bureau et avait tenu à garder les mêmes meubles, avait expliqué Marie-Alix. Ulik s'était assis en face de Thomas, à moins d'un mètre.

— Bon, Thomas, on recommence l'exercice, dit Ulik.

— Les Grecs se posaient la question de savoir si la terre était plate ou ronde. Mais certains pensaient qu'elle était ronde, et l'un d'eux, un nommé Ératosthène, se demanda comment calculer sa circonférence. Il avait remarqué que dans sa ville, à midi, le jour du solstice, le soleil tombait à la verticale exactement au fond d'un puits... Heu, là?

— Bravo. Et même un peu avant.

— Mais quand?

— Quand tu as dit « Ératosthène ».

— Mais Ératosthène, c'est intéressant!

Thomas eut soudain les larmes aux yeux.

— Mais, bien sûr, Thomas, mais là c'est juste un exercice.

L'exercice avait lieu pour le sixième jour consécutif. Thomas devait parler à Ulik d'un sujet qui lui tenait à cœur, tout en observant son visage afin d'y remarquer le premier signe d'ennui ou de désintérêt. Cet exercice avait été conçu par le Docteur Hector pour augmenter l'attention de Thomas envers ses interlocuteurs et l'amener à s'adapter à de vraies conversations, une première étape pour se faire mieux accepter des camarades de son âge. Le Docteur Hector avait l'idée de cet exercice depuis longtemps, mais il avait été impossible de l'appliquer avec différents éducateurs ou psychologues : Thomas ne s'intéressait pas assez à eux pour remarquer leurs signes d'ennui. L'arrivée d'Ulik avait tout changé. Il était la seule personne que Thomas trouvait assez importante pour surveiller ses changements d'expression.

— Ératosthène m'intéresse, mais là, il s'agit d'un exercice, répéta Ulik.

— Oui, c'est vrai, dit Thomas en reniflant.

Il regarda Ulik, puis continua.

— Tandis qu'à Alexandrie, le même jour à la même heure, on voyait de l'ombre au pied des colonnes... Donc Ératosthène en déduisit que si les rayons du soleil était bien parallèles dans ces deux endroits, c'est donc que les verticales par rapport au sol ne l'étaient pas. Là !

— Oui, bravo.

— J'ai vu que tu recommençais à t'ennuyer.

— Bravo, Thomas, c'était difficile, j'ai juste modifié un peu mon regard.

— Bon, je peux continuer ?

— Bien sûr.

— ... si la verticale était différente dans ces deux endroits, c'était justement que la terre était ronde et alors...

Il ne cessait de regarder Thomas, quand du coin de l'œil il devina un mouvement dans l'angle de la pièce, près de la porte. Il ne détourna pas son regard mais sut que Juliette venait d'entrer. Elle ne pensait sûrement pas qu'il pouvait la voir, mais quand on vit dans un pays où un ours peut arriver sur vous dans un parfait silence, on apprend à élargir son champ visuel.

— Là ! s'exclama Thomas.

Cette fois-ci, Thomas avait remarqué une réelle distraction de sa part. Excellent progrès.

— Bravo Thomas.

Ulik devinait toujours la présence de Juliette, immobile et silencieuse.

— Et maintenant, dit Thomas, à toi. Tu me racontes une histoire et tu t'arrêtes quand je ne fais plus attention.

— Il était une fois un fier Inuk, parti loin de son pays...

— C'est une histoire nouvelle ?

— Oui, je viens de l'inventer.

— Bon, continue.

— Il était une fois un Inuk parti loin de son pays. Il s'envola dans un grand oiseau creux et se retrouva au pays des Kablunaks. Tous les matins il allait prendre son petit déjeuner dans une vraie famille kablunak. Et peu à peu cette famille devint aussi son pays...

Derrière lui, il entendit le plancher craquer.

— ... au petit déjeuner, il y avait en général du pain de mie grillé, du pain normal pas grillé, mais on pouvait quand même faire griller le pain normal à condition de découper les tranches assez fines. Là ?

— Ah oui, dit Thomas, ces histoires de pain c'est vraiment gonflant ! J'aime mieux les histoires du pays inuk !

— Une histoire comme quoi ?

— Une histoire avec des morses.

— Bon... Les gens d'ici croient que les Inuits chassent le morse avec des kayaks, ce qui montre bien qu'ils n'ont jamais vu les remous que fait un morse d'une tonne quand il plonge.

— Une tonne, c'est le poids d'un gros cheval, dit Thomas. Un boulonnais ou un percheron. Les plus grands peuvent atteindre près d'un mètre quatre-vingts au garrot !

— Thomas ?

— Ah, oui c'est vrai, c'est ton histoire maintenant.

C'était une autre partie de l'exercice : apprendre à Thomas à ne pas interrompre.

Derrière lui, Juliette n'avait pas bougé.

Petite loutre, pensa-t-il, je t'ai attrapée.

Ils allaient encore à une autre réunion, à l'ouest de la ville. Ils atteignirent une immense place, sur laquelle des flots de voitures arrivaient de toutes les directions, et à nouveau il vit Marie-Alix conduire sa petite voiture avec une virtuosité sidérante, tel le chasseur qui conduit son kayak au milieu d'une coulée d'icebergs. Elle avait mis une jupe assez courte, qui dévoilait ses cuisses magnifiques. Ce n'était pas aussi provoquant que le nombril dénudé de Diane, mais il était toujours stupéfait de voir comment ici les femmes semblaient s'habiller de la manière la plus troublante possible pour les hommes. Mais dans quel but, si elles avaient appris à se passer d'eux ? Leur corps semblait vouloir dire autre chose que leur esprit, pensa-t-il. Votre esprit peut affirmer que vous êtes indépendante, mais votre corps crie famine de se réveiller seul, sans un autre corps à serrer dans vos bras.

Quand ils retrouvèrent une avenue plus calme, il se décida à lui poser la question :

— Marie-Alix, il y a quelque chose que je ne comprends pas.

— Quoi donc, mon cher Ulik ?

Dans la journée elle ne l'appelait pas « mon petit cadeau du Nord », mais « mon cher Ulik », avec une note de distance depuis la nuit où il avait découché.

— Pourquoi vous ne vous êtes pas remariée ?

— C'est une bonne question, dit Marie-Alix en riant.

— J'ai compris qu'ici un homme ne peut pas garder deux femmes ou plutôt que les femmes ne l'acceptent pas. Le Docteur Hector me l'a expliqué.

— L'autre soir, au Ritz ?

— Non, à son cabinet.

Il se mordit presque la langue : il venait de reconnaître que le Docteur Hector était bien au Ritz, que c'était bien sa voix qu'elle avait entendue.

— Eh bien, il faudra que je lui demande des explications, à lui aussi, dit Marie-Alix en fronçant le sourcil.

Mieux valait éviter cela. Ulik décida qu'il allait tout lui raconter : après tout il avait fait l'amour avec Jacinthe avant de devenir l'amant de Marie-Alix, ce n'était pas donc pas vraiment une infidélité. Mais voici qu'elle avait commencé à expliquer pourquoi elle ne s'était pas remariée.

— Le problème, disait-elle, c'est que je n'intéresse pas forcément beaucoup d'hommes. Ceux de mon âge sont mariés ou alors ils ont divorcé pour une femme de quinze ans de moins que moi. Je pourrais bien sûr me chercher un homme plus âgé, mais le problème c'est que je ne suis pas tellement sensible au charme de ces chères vieilles choses. En plus, eux, quand ils sont libres, chassent carrément la jeunette. Enfin, dans mon milieu, il faut bien le dire...

— Pourquoi dans votre milieu ?

— Parce qu'ils ont une bonne position sociale, alors ça fait passer le fait qu'ils sont un peu trop vieux. Si un comptable quinquagénaire court après des jeunes filles, c'est un vieux dégueulasse, mais si c'est un homme important qui a une liaison avec une étudiante, c'est une merveilleuse histoire d'amour et la photo des nouveaux mariés s'étale dans les journaux. Sympa pour la première épouse !

Apparemment, c'était une des frustrations du couple que les hommes kablunaks importants n'arrivaient plus à supporter : rester fidèle et ne pas chasser la jeunette. Bien sûr, chez les Inuits, il arrivait qu'un bon chasseur prenne une épouse plus jeune que lui, mais c'était en général parce qu'il avait perdu la première d'une maladie ou lors d'un accouchement. De toute façon, à l'âge où les vieux Kablunaks de Marie-Alix chassaient encore la jeunette, la plupart des Inuits étaient déjà morts.

— Je ne dis pas que la perle rare n'existe pas, dit Marie-Alix. Un homme de mon âge ou un peu plus, divorcé sans trop de problèmes, et avec qui je m'entende bien... Et fidèle, ajouta-t-elle en lui jetant un coup d'œil assassin.

— Hum... je vais vous expliquer.

Et il lui raconta sa soirée.

Elle n'en revenait pas. Elle ralentit et se rabattit sur la droite pour mieux l'écouter, tandis que d'autres voitures les doublaient en vrombissant.

— Vous voulez dire que vous avez emmené le Docteur Hector avec ces deux filles ?

— Non, juste avec une seule. Mais au début il ne voulait pas.

— Mais il est resté avec elle ?

Il regrettait d'avoir commencé à lui raconter. Il voulait bien révéler des choses sur lui-même mais cela l'ennuyait d'impliquer le Docteur Hector.

— Oui. Il avait besoin de *naklik*, vous savez.

Elle avait compris le mot – consolation, compassion – c'était le même terme chez les Uktus de Black River qu'elle avait étudiés.

— Du *naklik* ! Mais bien sûr, voilà qui explique tout !

Il vit qu'elle essayait de prendre un air indigné, mais ne pouvait pas s'empêcher de sourire.

— Du *naklik*, disait-elle. Non mais, vraiment...

Quand elle éclata de rire, tout en rejoignant le flot de la circulation, il se dit qu'il l'aimait.

— Chers amis, au cours de cette journée, vous avez entendu différentes personnes appartenant à notre entreprise, qui vous ont rappelé tous les progrès et toutes les victoires obtenus cette année, dans une conjoncture pourtant difficile...

La salle ressemblait à un immense igloo de verre et contenait plusieurs centaines de personnes assises sur de petites chaises de plastique bleu. Des écrans géants montraient en gros plan Florence en train de parler près d'un micro. Ses boucles d'oreilles brillaient par moment, des étincelles dans la lumière des projecteurs, comme pour souligner ses paroles. Derrière une table aussi longue qu'une petite baleine se tenait le Président entouré de quelques chefs de moindre rang.

Malgré l'absence de Marie-Alix (elle avait dû repartir pour une autre réunion) Ulik cette fois parvenait à ne pas s'ennuyer car, avant l'apparition de Florence, des séquences filmées avaient été projetées sur les écrans géants. On avait vu des reportages sur les forages de la Compagnie dans la jungle d'Afrique ou d'Asie, des vues sous-marines de divers océans sous lesquels la Compagnie faisaient passer d'énormes tuyaux, des champs où des centaines de pompes agitaient leurs balanciers en cadence pour remonter le pétrole des profondeurs de la terre, des plates-formes posées sur la mer comme sur de gigantesques échasses, des bateaux grands comme des îles qui fendaient l'eau en soulevant une vague près de laquelle il n'aurait pas fait bon de se retrouver en kayak, et tout cela était fort intéressant pour un Inuit qui n'avait pas encore beaucoup voyagé. Soudain, apparut à l'horizon d'une mer inconnue, une chaîne de montagnes qui émergeaient mystérieusement de la surface des eaux, comme les échines immobiles d'un troupeau de baleine. Puis l'on se retrouva au milieu d'elles, de leurs parois couvertes de végétation qui tombait directement dans la mer tranquille, comme de grands icebergs qui seraient revenus à la vie. Il fut frappé par la beauté de cet endroit :

— ... et enfin, la baie d'Along pour vous rappeler l'importance de nos projets au Vietnam, continua Florence. Mais j'aimerais maintenant vous faire connaître quelqu'un qui représente son peuple, et qui est aussi le témoin des efforts de notre entreprise pour préserver l'environnement...

Les applaudissements se déchaînèrent pendant qu'il venait rejoindre les personnes assises autour de la grande table.

— Asseyez-vous, mon cher Ulik, dit le Président en désignant un siège à côté de lui laissé vide par un chef moins important.

Il entrevit son propre visage sur l'écran géant, pendant que le Président recommençait un autre discours où il racontait leur première rencontre sans toutefois faire aucune allusion à la chasse à courre qui l'avait précédée.

— Si j'ai voulu qu'Ulik vienne vous parler, c'est parce que je pense que nous avons quelques leçons à apprendre de lui. Lorsqu'on doit survivre par moins quarante degrés sans autres ressources que celles que l'on peut tirer de son environnement, cela ne peut se faire seul. On dépend de son groupe – ici nous dirions de notre équipe – et c'est cela dont j'aimerais qu'Ulik nous parle. Car chez lui, comme chez nous, c'est l'équipe qui gagne.

Les applaudissements se déchaînèrent à nouveau. Ulik avait compris que « c'est l'équipe qui gagne » était comme une sorte de prière en vogue à la Compagnie, et que prononcée par un grand chef, elle déclenchait même les applaudissements. Comment des gens capables de fabriquer des objets aussi compliqués que leurs bateaux géants pouvaient-ils applaudir à une telle évidence, voilà un mystère qu'il demanderait à Marie-Alix d'éclairer.

Mais là, il fallait leur raconter la chasse et ses règles. Il commença, assez sûr de son succès.

— Vous voulez dire, mon cher Ulik, qu'à la chasse tout le monde participe ?

Les dents blanches du Président étincelaient sur l'écran géant, comme si tout ce qu'avait raconté Ulik le plongeait dans le ravissement.

— Bien sûr. Lorsque vous chassez le phoque en attendant qu'il remonte, d'autres doivent vous relayer, car on ne peut pas rester immobile trop longtemps dans le froid. Quand vous chassez depuis un bateau, il y a ceux qui rament, ceux qui guettent, et ceux qui lancent le harpon. Et, bien sûr, pour la chasse à l'ours, vous êtes plusieurs traîneaux à le suivre, donc plusieurs à risquer vos chiens. Même celui qui n'a pas tué lui-même la bête reçoit sa part.

— Voilà, dit le Président, c'est comme ici, c'est l'équipe qui gagne. Chacun participe, car chacun sait que la réussite dépend de lui.

Florence intervint.

— Certains d'entre vous ont peut-être des questions pour Ulik. Des micros vont passer dans la salle.

Il attendait avec intérêt de voir ce que tous les gens allaient lui demander : les questions que posaient les Kablunaks lui en apprenaient plus sur leur monde que les réponses.

Une jeune femme avait saisi un micro. Elle était pâle et vêtue de couleurs sombres, avec quelque chose d'un peu affamé dans son maigre visage.

— Dans tout ce que vous avez raconté, vous avez parlé des hommes. Chez vous, les femmes font-elles partie de l'équipe ?

Il y eut un petit silence, quelques exclamations étonnées et même des rires. Il se souvint de ce qu'on lui avait demandé lors de son passage à la télévision. Décidément, cette question du rôle des femmes les tracassait beaucoup.

— Les femmes font partie de... l'équipe, dit-il. Elles entretiennent les vêtements, les recousent, elles mâchent les peaux. Un chasseur ne peut pas aller loin si ses vêtements ne sont pas en bon état.

Mais la mauvaise humeur de la jeune femme ne semblait pas apaisée.

— Mais elles ne chassent pas, dit-elle sur un ton de reproche.

— Pas le gros gibier. Elle peuvent aller chasser les guillemots avec des épuisettes.

— Mais pourquoi ne peuvent-elles pas chasser le gros gibier avec les hommes ?

— Parce qu'elles doivent rester à s'occuper des enfants et des igloos.

Il y eut encore de petits rires. Pourquoi de telles évidences les faisaient-elles rire ?

— Oui, reprit la jeune femme, mais pourquoi les hommes n'en font-ils pas autant ?

— Parce qu'ils sont à la chasse.

Cette fois les gens rirent franchement. Il dut faire appel à l'image de Marie-Alix pour se souvenir que les gens ne se moquaient pas de lui.

Florence s'adressa à lui :

— Ce que voudrait comprendre Sylvie, c'est pourquoi, après tout, vous n'avez pas partagé les tâches différemment. Certaines femmes iraient chasser de temps en temps et les hommes s'occuperaient de l'igloo.

Il se souvint que le Docteur Hector lui avait conseillé, quand il était embarrassé, de répondre par une autre question.

— Je comprends bien, dit-il. Mais quel en serait l'intérêt ?

— Peut-être les femmes aimeraient-elles chasser elles aussi ? demanda Florence.

Il fit un effort de réflexion, ce qui était difficile face à tous ces visages souriants tournés vers lui et en se voyant lui-même en gros plan sur l'écran géant.

— Je pense qu'elles aimeraient peut-être chasser... si on les élevait pour ça. Mais on n'apprend pas à chasser aux petites filles.

— Et si vous leur appreniez ?

— Peut-être que certaines deviendraient d'assez bonnes chasseu... ses ?

— Voilà, reprit la jeune femme prénommée Sylvie, ici les femmes font les mêmes types de travail que les hommes.

— Oui, j'ai remarqué. Mais pour la chasse, les femmes ne seront jamais aussi bonnes que les hommes.

Il y eut des murmures dans la salle. Il remarqua que presque tous les hommes souriaient.

— Et pourquoi ? demanda Sylvie.

— Les femmes n'aiment pas tuer.

Murmures à nouveau. Il sentait que beaucoup de gens étaient d'accord. Cela l'encouragea à continuer :

— Une femme doit être tendre et sensible, pour pouvoir bien s'occuper de ses enfants. Si vous êtes tendre et sensible, cela ne vous prépare pas à tuer. Pour bien chasser, il faudrait qu'une femme devienne plus dure. Mais une femme qui ne serait plus tendre et sensible, qui aurait envie d'être son mari ?

Il y eut une rumeur, des rires, des murmures, des voix en colère, et aussi des applaudissements – un petit tumulte. Quelques femmes se levèrent pour se diriger vers les sorties, tandis que le Président continuait de sourire et que Florence tapotait le micro pour reprendre la parole.

Cette fois, c'était un jeune homme à qui on avait donné un micro.

— Cédric, se présenta-t-il. Nouvel arrivé depuis un an dans cette compagnie, département des ressources humaines. Ce que j'aimerais savoir, c'est comment vous vous partagez le résultat de la chasse.

Florence intervint.

— Votre question est intéressante, Cédric, dit-elle d'un air pincé, mais voulez-vous préciser le sens que vous lui donnez par rapport à notre préoccupation de faire gagner l'équipe ?

— Bien sûr. Pour maintenir une équipe motivée, il faut que chacun se sente récompensé. Comment font-ils, là-bas, dans le pays d'Ulik ?

Ulik observait Cédric. Contrairement à tous les hommes présents, il ne portait pas de cravate, ce qui était pourtant, il l'avait compris, l'usage dans les grandes occasions des Kablunaks. Il eut l'étrange impression que Cédric connaissait la réponse à sa propre question, tout comme la vie des Inuits et qu'il souhait simplement qu'Ulik la donne à tous ses collègues.

Il vit que Florence cherchait à dire quelque chose, mais il commença aussitôt à parler, car il se sentait fier d'expliquer comment, en pays inuk, le partage est la règle.

— Lorsqu'on découpe un phoque ou un ours, on doit le faire très proprement et toujours de la même manière. Ensuite on distribue les morceaux à tous ceux qui ont participé à la chasse.

— Même ceux qui n'ont pas tué l'animal ? demanda Cédric.

— Bien sûr. On sait bien que tout le monde n'est pas né également fort, ou habile, que certains seront toujours meilleurs chasseurs que d'autres. Mais même le meilleur chasseur doit toujours partager, car autrement qui le suivrait à la chasse ?

— Mais s'il va chasser seul ?

— Même quand vous chassez seul, vous devez toujours partager au retour.

— Mais le meilleur chasseur n'a pas une plus grosse part ?

— En période de chasse abondante, il peut garder une part de plus. Mais autrement les parts sont distribuées en fonction du nombre d'enfants que vous avez au foyer.

— Donc le meilleur chasseur n'a pas tellement plus de nourriture que le moins bon ?

— Non, le plus souvent ça ne fait pas une grande différence.

— Bon, intervint Florence, vous avez eu la réponse à votre question. Une autre ?

— Attendez, continua Cédric. Comme Sylvie tout à l'heure, j'aimerais demander à Ulik pourquoi ils n'ont pas imaginé un autre système. Ulik, que se passerait-il si chaque chasseur pouvait garder l'essentiel de sa chasse ? Après tout, le bon chasseur pourrait élever plus d'enfants, et même avoir plusieurs femmes. Et les mauvais, eux, en auraient moins.

Cet homme connaissait la vie inuk, Ulik en était certain.

— Parfois, certains très bons chasseurs sont tentés par cela, répondit-il en pensant à ce vantard de Kuristivoq. Garder une plus grande part de leur chasse. Impressionner les femmes avec toutes les peaux qu'ils rapportent. Mais ça ne marche pas très bien.

— Pourquoi ?

— Les autres les détestent. La haine s'installe. Et la vie de la tribu devient difficile. Pour que la vie reste agréable dans la tribu, il ne faut pas qu'il y ait trop de différences. C'est pourquoi nous partageons toujours.

Il avait remarqué que le Président, Florence et les chefs de moindre rang semblaient crispés depuis un moment, mais il les vit se tendre encore plus quand Cédric demanda :

— Et que diriez-vous d'une tribu où le meilleur chasseur gagnerait, disons, cent fois plus que le chasseur ordinaire ?

— Ce ne serait plus une tribu, dit Ulik.

— Et pourquoi ?

— Trop de haine.

Il y eut une grande rumeur, et cette fois un tonnerre d'applaudissements. Mais, curieusement, le Président et Florence ne souriaient plus du tout.

Après la réunion, c'est Florence qui le raccompagna, dans une voiture beaucoup plus spacieuse que celle de Marie-Alix, et dont l'avant rappelait étrangement la gueule d'un requin.

Ils étaient sur l'autoroute, car le siège de la Compagnie se trouvait hors de la capitale. Contrairement à Marie-Alix qui roulait en général sur la file du milieu, Florence se maintenait sur la file de gauche, doublant sans cesse de nombreuses voitures après les avoir forcées à se rabattre.

En observant sa manière de conduire et en se souvenant de l'autorité avec laquelle elle avait dirigé la réunion, Ulik se demanda si ses derniers propos sur la répugnance des femmes à tuer étaient si vrais. Il pouvait en répondre pour les femmes inuits, mais que penser des femmes-chefs comme Florence qui occupaient des fonctions normalement destinées aux hommes ? Le Docteur Hector lui avait bien dit qu'ici, elles étaient élevées comme des garçons. Or les garçons sont enclins à la violence.

Il se dit que si le jeune Cédric avait remarqué le regard que Florence lui avait lancé à la fin de la réunion, il pouvait commencer à se faire du souci.

Elle changea de file avec une soudaineté qui le fit sursauter.

— Vous n'avez pas peur en voiture ?

— Non.

Quelle question naïve, demander à un Inuk s'il a peur ! Il se sentait moins à l'aise qu'avec Marie-Alix, mais il serait mort plutôt que de l'avouer.

— Vous conduisez plus vite que Marie-Alix, fit-il tout de même remarquer.

— Oh, cette voiture est faite pour aller vite. Et puis j'aime conduire.

— Moi aussi, j'aimerais conduire.

— Mais alors je pourrais vous apprendre, dit Florence avec un petit rire qui voulait dire qu'elle plaisantait, mais qui, en même temps, révélait une autre intention, tout à fait sérieuse celle-là.

Il lui jeta un coup d'œil. Elle était plus jeune que Marie-Alix, mais plus petite, moins déliée, avec quelque chose d'un peu brusque dans le mouvement et dans la voix, ce qui était surprenant pour une femme au visage si délicat et si parfaitement maquillé. Il se sentait beaucoup de curiosité envers elle. C'était une femme qui était en même temps un grand chef kablunak, et il se demandait si elle faisait l'amour différemment des autres. (Jacinthe faisait maintenant l'amour avec lui d'une manière plus discrète que la première fois, car sans doute plus sincère, en cela elle devenait plus proche de Marie-Alix.)

D'un autre côté, il se méprenait peut-être complètement, il ne devait pas oublier qu'il connaissait très peu les femmes kablunaks. Et puis Marie-Alix risquait de ne pas apprécier une trop grande familiarité avec son amie Florence.

— Vous vous entendez bien avec Marie-Alix? demanda-t-elle.

— Oui. Elle est très bonne pour moi.

Florence rit à nouveau. Il comprit qu'elle était au courant.

— Oh, mais je crois que vous êtes aussi très bon pour elle.

— C'est une chance.

Elle le regarda de côté avec un petit sourire, et il sut que cette fois il ne se méprenait absolument pas.

— Vous avez raison, mon cher Ulik, il faut saisir la chance quand elle se présente.

— En même temps, il ne faut pas la gâcher en étant trop gourmand.

Elle sourit à nouveau. Cette manière de se parler par sous-entendu était très amusante. Il se souvint d'un mot qu'il avait lu dans un des livres du capitaine Tremblay : « marivaudage ». Voilà, c'était du marivaudage, genre inconnu du peuple inuk mais qui n'était pas si difficile à apprendre.

— Vous savez, Ulik, que la gourmandise n'est plus un péché dans notre religion?

— Mais la convoitise n'en est-elle pas un?

— Oh... Vous connaissez les sept péchés capitaux?

Ils les avait lus dans le livre de catéchisme de Thomas.

— Oui, pour mieux vous comprendre, dit-il.

Elle sourit encore, mais sans détourner son regard de la route : elle était en train de forcer une voiture devant eux à se rabattre.

— Pour mieux nous comprendre ? Vous voulez dire, nous les femmes ?

— Oh, les hommes aussi. Mais bien sûr, les femmes sont plus difficiles à comprendre.

— Vraiment ? Pourtant là, j'ai l'impression que vous me comprenez assez bien.

— Vous êtes trop bonne. Je ne suis qu'un pauvre Inuk qui fait de son mieux.

— En plus, vous vous moquez de moi.

— Loin de moi cette pensée.

Elle rit encore.

— Que diriez-vous de saisir notre chance ?

— Je ne sais pas si Marie-Alix...

— Marie-Alix n'est pas obligée de le savoir...

Il se demanda s'il pouvait encore dire non, si accepter n'allait pas l'amener à des ennuis encore plus grands, mais déjà Florence s'était rabattue vers une sortie de l'autoroute.

— Plus fort, plus fort, haletait Florence.

Elle l'avait entraîné dans un grand hôtel près de l'aéroport avec la rapidité et l'autorité de la chef qu'elle était. Et voilà que maintenant, dans cette chambre, elle lui montrait clairement qu'elle voulait être bousculée, renversée, et pénétrée dans des positions qui rappelaient celles des animaux, celles que les hommes et femmes inuits évitent toujours quand ils font l'amour. Elle s'abandonnait complètement avec des gémissements enthousiastes puis, quelques instants plus tard, se mettait soudain à lui résister, à se débattre, ce qui le contraignait à la prendre avec plus de force encore, et là elle finissait par s'abandonner, avant de lui résister à nouveau.

C'était excitant, un peu effrayant... une manière de faire l'amour qui lui rappelait un peu la chasse, lorsque après beaucoup d'efforts on triomphe enfin de sa proie.

— Fais-moi mal, insulte-moi, râlait-elle, le visage dans l'oreiller.

Il crut qu'il avait mal compris, mais elle le répéta dans un souffle. Non, c'était bien ce qu'elle demandait, qu'il lui fasse mal et qu'il l'insulte. L'image de Marie-Alix, ses paupières pudiquement baissées tandis qu'elle soupirait dans une discrète mais intense extase, s'imposa à lui. Il se laissa retomber sur le lit.

— Mais ce n'est pas fini ! s'indigna Florence.

Vu l'état encore triomphant de sa virilité, elle pouvait en effet le penser, mais lui savait que c'était fini.

— Je crois que nous avons saisi notre chance, dit-il.

Elle changea aussitôt d'attitude, se coulant contre lui, presque ronronnante.

— C'était une très belle chance, lui murmura-t-elle.

Il trouvait que c'était une expérience intéressante, mais n'avait pas forcément envie de la renouveler.

Elle jeta un coup d'œil rapide à sa montre, qu'elle n'avait pas retirée.

— Tu as réussi à me mettre en retard, dit-elle de sa voix habituelle.

Elle disait cela comme s'il s'agissait d'un exploit. Sa manière de revenir aussitôt à la réalité et à ses manières de chef était étonnante. Elle allait se lever pour aller à la salle de bains, mais il la retint d'un geste et elle se laissa faire. Il la ramena contre lui, la saisissant par le cou, comme un jeune chiot qu'on empêche d'aller jouer.

— Florence ?

— Oui, oui.

— Je pense que nous devrions continuer de nous vouvoyer.

Elle se tut. Il voulait éviter d'évoquer Marie-Alix, mais Florence comprit aussitôt.

— Bien sûr, mon cher Ulik. J'ai été très heureuse de ces quelques instants passés avec vous.

— Voilà.

— Oh, et bien sûr, je ne voudrais pas faire de peine à Marie-Alix, dit-elle en échappant à son étreinte et en se dirigeant vers la salle de bains.

Il avait senti une pointe d'irritation dans sa voix.

Il resta allongé sur le lit, à l'écouter prendre sa douche en chantonnant. Pour la première fois depuis le début de son séjour, il ressentait une fatigue physique. Faire l'amour avec Florence était une activité aussi épuisante que de conduire un traîneau sur un terrain accidenté. Il faillit le lui dire mais il réalisa qu'elle ne trouverait sans doute pas la comparaison flatteuse.

— À votre tour, dit-elle en sortant de la salle de bains aussi pimpante et maquillée que si elle sortait d'une réunion.

Il réalisa le grand mystère des femmes comme Florence : on découvrait deux personnes complètement différentes selon qu'elles se tenaient debout ou allongées. Ce devait être difficile pour les hommes de s'y retrouver.

Plus tard, dans la voiture, elle conduisait d'un air maussade. Il supportait mal ce silence, et en même temps sa soif de comprendre un peu mieux les femmes s'était réveillée.

— Florence ?

— Oui.

— J'aimerais vous poser une question. Je peux ?

— Allez-y, pas besoin de demander la permission.

— Bon. Pourquoi êtes-vous sans homme ?

Elle le regarda, franchement mécontente.

— Mais qui vous a dit que j'étais sans homme ?

— Enfin, je veux dire, vous n'êtes pas mariée, vous n'avez pas d'enfant... et pourtant vous êtes très charmante, très jolie, ajouta-t-il.

Il la vit se radoucir aussitôt. Kablunaks ou Inuits, les femmes partageaient des traits universels.

— Oh, mon cher Ulik, cela serait un peu difficile à expliquer.

— Expliquez-moi. Vous êtes intelligente, vous pouvez résumer.

Elle rit, sans cesser de doubler des voitures à une vitesse à laquelle il ne s'habituait pas.

— Disons que lorsque la petite Florence a vu ses parents divorcer, elle a compris qu'il était très important de pouvoir être indépendante, de ne pas avoir besoin d'un homme... En plus, je ne me trouvais pas jolie, alors je me disais que je ne trouverais pas de mari. Et puis, comme je savais que de toute façon ils partent... Alors j'ai beaucoup travaillé, j'ai passé des concours difficiles.

— Mais il n'y avait pas d'hommes dans votre vie ?

— Si, mais à l'époque je trouvais les jeunes de mon âge moins intéressants. J'ai commencé à sortir avec des hommes plus âgés, déjà mariés.

— Mais leurs femmes le savaient ?

— Non. Enfin, certaines s'en doutaient. Mais elles restaient tranquilles.

— C'étaient donc de grands chefs.

Elle le regarda, surprise.

— Oui, des grands chefs... un, surtout.

— Mais il n'y a pas un moment où vous avez eu envie de vous marier, d'avoir des enfants ?

— Vous êtes bien curieux, mon cher Ulik. Je ne sais pas pourquoi je vous raconte tout ça.

— Parce que vous me trouvez sympathique.

Elle rit.

— Oui, vous avez remarqué ? Eh bien oui, aujourd'hui, j'ai peut-être envie de faire des enfants parce qu'il ne me reste que quelques petites années pour pouvoir le faire. Mais le problème, c'est que je ne trouve pas d'homme pour ça.

— Pourquoi ? Vous êtes très attirante.

— N'en rajoutez pas, pas si attirante que ça, j'ai cru remarquer.

— Florence, vous savez bien que...

— Oui, je sais, je sais. Finalement, même avec vous, je répète mon schéma : je choisis un homme qui est déjà pris.

— Mais pourquoi ne trouvez vous pas d'homme libre ?

— Parce que ceux de mon âge... les meilleurs sont déjà casés. Et puis il y a un autre problème...

— Quel problème ?

— J'ai un poste assez important, vous savez. Je suis une grande chef... kablunak? C'est comme ça que vous dites.

— Oui, c'est ça.

— Eh bien ça, ça fait peur aux hommes. Les femmes chefs, ça ne les excite pas forcément.

— Vous n'avez qu'à trouver des hommes plus grands chefs que vous.

— Pourquoi pas, mais du coup, ça réduit beaucoup les candidats possibles. Et ceux-là, même chose : à leur âge, ils sont mariés depuis longtemps. Ou alors, quand ils quittent leur femme, c'est souvent pour des filles plus jeunes que moi.

— Marie-Alix disait la même chose.

— Ah oui ? Elle au moins s'est mariée jeune et a eu des enfants.

Il se demanda si Marie-Alix, lorsqu'elle s'était mariée avec Charles, avait eu l'impression d'avoir trouvé « le bon ». Il pensa à Thomas et à Juliette. Cela lui donna envie de les retrouver à l'instant. Il réalisa qu'il se sentait mal à l'aise en compagnie de

Florence et qu'il regrettait cette aventure. Il n'avait pas l'impression de tromper Marie-Alix avec Jacinthe, parce que la liaison avec elle avait commencé avant que Marie-Alix l'embrasse. Il n'avait pas l'impression de tromper Navaranava avec Marie-Alix et Jacinthe, parce qu'il se trouvait sur un territoire étranger et que, de plus, il n'avait pas encore fait l'amour avec Navaranava. Mais il avait l'impression d'avoir trompé Navaranava, Marie-Alix et Jacinthe pendant cette heure avec Florence, et cela pour un plaisir médiocre. Et maintenant, il aurait voulu s'en séparer aussitôt. Il essaya de se détendre pour qu'elle ne s'en aperçoive pas. Il n'oubliait pas combien elle était importante pour lui, combien elle pouvait faire pour sa tribu et, ainsi, lui permettre de revenir en vainqueur et donc d'épouser Navaranava. « Et donc, ce n'était pas tromper ! » pensa-t-il.

Dans les jours suivants, plusieurs événements se succédèrent.

Le reportage : « Ulik, comment il nous voit » parut dans le grand magazine féminin. Il était illustré de photos d'Ulik. Trois d'entre elles le montraient torse nu, posant avec nonchalance dans un décor de fourrure et de peaux. Le numéro dut être réimprimé plusieurs fois et battit le record d'un précédent tirage consacré à un chanteur célèbre. Le reportage fut repris par toutes les éditions étrangères du magazine.

Aussitôt arrivèrent plusieurs invitations à des émissions de télévision. Florence et Marie-Alix en discutaient, assises sur le canapé du salon, tandis qu'il les écoutait, s'émerveillant de voir deux femmes décider tandis que lui, l'homme, n'avait qu'à se laisser guider.

— Bon, celle-là, il faut qu'Ulik y aille, disait Florence. Il est complètement dans leur thème : la mer.

— Et puis c'est une très bonne émission, disait Marie-Alix. Thomas et Juliette la regardent, et moi aussi.

— En plus, c'est très regardé par les écolos, c'est bon pour moi.

— Tu veux dire, pour ton Président et la Compagnie ?

— Parfaitement, et donc c'est aussi bon pour les dons faits à ta noble organisation !

Elles se chamaillaient souvent, mais riaient ensemble la minute suivante. Il essaya de se souvenir de disputes entre femmes inuits, mais c'était difficile, car les femmes là-bas s'arrangeaient pour ne pas parler entre elles devant les hommes.

— Et celle-là ?

— Hum, je ne la sens pas. Il y aura trop de célébrités, de la variété, je crois qu'il va se sentir étouffé au milieu de tout ça.

— Je suis d'accord, et puis ce n'est pas une émission très chic, dit Marie-Alix.

Florence se mit à rire.

— Non, mais dis donc, il y a quand même des ministres qui y passent, dans cette émission.

— C'est ce que je voulais dire, dit Marie-Alix.

Et les voilà pouffant comme des gamines. C'était très apaisant de voir réunies devant lui deux femmes avec qui il avait fait l'amour. Il commençait à comprendre les chefs qui avaient deux épouses. Mais, bien sûr, là, tout l'aspect paisible de cette scène reposait sur le fait que Marie-Alix n'était pas au courant de ce qui lui était arrivé avec Florence.

— Et celle-là ?

— C'est un vrai problème.

Elle se mirent à parler d'une émission où un homme vêtu de noir recevait tous les gens célèbres du moment. Ulik commença à somnoler. Ce n'était pas la peine d'écouter, il avait déjà décidé que de toute façon il ferait ce qu'elles avaient décidé.

— Le côté positif, c'est que l'audience est super.

— Oui, mais c'est un peu la cage aux fauves.

Là, il se réveilla.

— Pourquoi, la cage aux fauves ?

Elles le regardèrent comme si elles se rappelaient brusquement de sa présence.

— Hum, comment dire ?

— Ulik, parfois on pose des questions pas très gentilles. Ou quelqu'un peut faire des remarques blessantes.

— Des remarques blessantes ? À moi ?

— Oui. ça peut arriver.

— D'un autre côté, ils ne sont pas fous, dit Florence. Ulik a déjà une image sympathique, c'est un étranger : il se descendraient eux-mêmes en le descendant.

— Oui, enfin, tu sais, tout le monde aurait oublié à l'émission suivante.

Des questions pas gentilles... Des remarques blessantes. Depuis son arrivée, tout le monde se montrait gentil avec lui. Il n'avait plus à se montrer fort pour défendre son honneur ou sa réputation. Il ne rencontrait plus d'épreuve dont il puisse triompher (à part faire l'amour avec Florence, mais cela ne s'était produit qu'une fois et sans lui laisser aucune impression de victoire) et sa vie en était un peu triste, ils s'en rendait compte. Parfois, il avait l'impression de n'être plus un homme.

— J'aimerais y aller, dit-il.

— Donc, Ulik, vous voilà chez nous depuis trois semaines, et vous êtes déjà une star ! On vous a vu à la télévision, dans un grand magazine... Mesdames, messieurs, admirez !

Et les photos d'Ulik dans le grand magazine pour femmes apparurent sur un écran géant. Le public applaudit pendant qu'une musique triomphale se déclenchait. Il savait que Marie-Alix et Florence suivaient tout cela dans une autre pièce où se trouvait une télévision.

— Alors, Ulik, vous venez d'un pays où les hommes vont à la chasse...

Ce qui était étrange, c'est que l'animateur, avec ses cheveux noirs et ses pommettes hautes, pouvait ressembler à un indien Cree, ennemi traditionnel des Inuks, dont il avait vu des photos dans des livres de Marie-Alix. Mais il avait l'air amical.

— ... mais les femmes, elles, restent à la maison pour s'occuper des enfants. Est-ce qu'elles sont toujours d'accord ?

Le domaine lui était familier, surtout après ses conversations avec le Docteur Hector, et il se sentait à l'aise pour répondre.

— C'est un partage, dit-il. Tout le monde y trouve son compte.

L'animateur regarda le public avec une moue traduisant le respect devant la réponse d'Ulik et à nouveau les applaudissements se déchaînèrent.

L'animateur continua à lui poser des questions pertinentes sur la vie inuk, montrant qu'il avait vraiment étudié le sujet, ce qui rendait l'entretien très agréable. Tout se passait très bien, il ne comprenait pas pourquoi Marie-Alix et Florence avaient décrit cette émission comme une cage aux fauves.

— Et maintenant, mesdames et messieurs, voici quelqu'un qui ne reste pas à la maison, qui va plutôt à la chasse, j'ai nommé Adeline.

Tout le monde applaudit, tandis qu'une femme venant des coulisses s'avançait pour s'asseoir non loin d'Ulik.

Elle était un peu grosse, mais d'une rondeur agréable, avec un beau sourire, même si elle n'était pas très jolie dans l'ensemble. Elle devait avoir un peu plus de trente ans, l'âge où une femme inuk a déjà mis au monde tous ses enfants.

— Adeline, vous venez d'écrire un livre dont tout le monde parle, qui est en train de devenir un best-seller, j'ai nommé *Je n'ai besoin de personne.*

Sur l'écran géant apparut la couverture du livre et à nouveau le public applaudit. Adeline sourit, mais Ulik remarqua qu'elle restait sur la défensive.

— Dans votre livre, Adeline, vous nous dites que finalement, après un certain nombre d'expériences, vous vous trouvez plus heureuse seule qu'avec un homme. Et surtout, vous expliquez que beaucoup de femmes pensent la même chose, mais qu'elles n'osent pas le dire, parce qu'on trouverait cela choquant, que pour la société la femme est un être fragile ayant besoin d'un homme, mais qu'au fond tout le monde sait que ce n'est pas vrai.

— Oui, dit Adeline, la plupart des femmes se sentent très bien en vivant seules, comme moi, et c'est ce que j'ai voulu raconter.

— Mais quand même, Adeline, vous avez vécu avec des hommes, vous avez même failli vous marier.

— Oui, parce que je faisais comme tout le monde. Mais maintenant, je constate qu'avec eux je n'étais pas si heureuse ; je me forçais à le croire.

— Ben dis donc, on comprend pourquoi ils se sont tous barrés.

Le public éclata de rire. C'était un petit homme en chemise bleue, assis derrière leur dos, qui avait parlé. Ulik l'avait remarqué au début de l'émission, car Marie-Alix et Florence lui avait dit qu'il pouvait faire des remarques offensantes – donc qu'il fallait rester calme et ne pas lui répondre. Et surtout ne pas se battre, avait précisé Marie-Alix. Mais le petit homme n'était pas intervenu pendant qu'il parlait de la vie inuk. Il venait de faire sa première remarque offensante. Ulik s'attendit à ce qu'Adeline lui réplique vertement, mais à son étonnement il la vit sourire d'un air gêné pendant que le public riait. Il sentit qu'elle était blessée, mais essayait de montrer qu'elle prenait la remarque du petit homme à la légère.

— Excusez-le, mesdames et messieurs, il ne sait pas se tenir. Bon, alors, vous n'avez plus besoin d'hommes, dites-vous.

— Non, et c'est vrai pour toutes les femmes. Nous gagnons notre vie, et bientôt mieux que les hommes parce que les femmes sont de plus en plus qualifiées. Par exemple, dans la police ou la justice, bientôt toute la hiérarchie sera féminine. Nous n'avons plus besoin d'hommes pour subvenir à nos besoins.

— D'accord, mais la solitude quand vous rentrez le soir à la maison ?

— Ne pas avoir d'homme à la maison n'empêche pas de sortir, de rencontrer des gens, d'aller au spectacle quand on veut. On a même plus de temps disponible pour voir ses amies. D'ailleurs, on écoute les confidences de ses copines mariées et ça ne donne vraiment pas envie d'être en couple !

— C'est vrai que le mariage, ce n'est pas toujours le paradis, mais quand même Adeline...

— Quand même quoi ?

— Il y a une question que j'aimerais vous poser, mais je ne sais pas si je peux, demanda l'animateur avec un sourire espiègle.

— Je peux répondre.

— Et l'amour ? Quand vous avez envie de faire l'amour ?

— Vous savez, ce n'est pas difficile de trouver des hommes qui ont envie de faire l'amour.

— Du moment que tu les payes assez, dit le petit homme.

Adeline sursauta et le public éclata de rire. Ulik vit des larmes apparaître fugacement dans ses yeux, mais elle continua de sourire, comme si le petit homme était un fou auquel il ne fallait pas attacher d'importance.

— Ah vraiment ! Il est épouvantable, dit l'animateur en riant, ne faites pas attention. Mais enfin, Adeline, ce que vous dites, c'est peut-être vrai pour vous, mais la majorité des femmes seules souffrent de la solitude, non ?

— C'est ce que vous pensez. Mais regardez, dans deux tiers des cas, ce sont les femmes qui demandent le divorce. Si elles avaient si peur que ça de la solitude, ce n'est pas ce qu'elles feraient.

L'animateur se tourna vers Ulik.

— Et vous, Ulik, qu'en pensez-vous ?

Il avait été tellement choqué par la dernière remarque du petit homme qu'il avait du mal à répondre. En pays inuk, il est interdit d'humilier une femme en public. Il n'arrivait pas à comprendre comment personne ne réagissait à de tels propos. Mais il était là pour représenter son peuple, pas pour faire justice, il fallait qu'il réponde.

— Il me semble que les femmes peuvent penser quelque chose, et puis sentir autre chose en même temps.

— Vous voulez dire qu'elles sont compliquées, quoi.

— Encore un stéréotype macho, dit Adeline.

Le public se mit à huer et à siffler. Mais l'animateur les interrompit d'un geste.

— Mesdames et messieurs, un peu de calme. Je crois qu'Ulik a quelque chose d'intéressant à nous dire. Qu'est-ce qu'elles pensent et qu'est-ce qu'elles sentent ?

Ulik vit que le petit homme le regardait, l'air d'être à l'affût.

— Eh bien, elles pensent qu'elles peuvent se passer des hommes.

— Mais pourquoi pensent-elles ça, après tout et pas chez vous ?

— D'abord parce qu'ici elles peuvent se le permettre.

— Oui, mais ce n'est pas une raison. Pourquoi ont-elles envie de se débarrasser des mecs ?

— Je ne crois pas qu'elles en aient envie. Je crois qu'elles attendent beaucoup des hommes et comme elles ne trouvent pas ce qu'elles attendent, elles restent seules.

— Mais qu'est-ce qu'elles attendent à votre avis, Ulik ?

La réponse était difficile. Il ne voulait vexer personne, mais en même temps il fallait montrer que les Inuits étaient des gens intelligents.

— Elles attendent beaucoup. À la fois un homme fort qui les contente au lit, mais aussi qui soit gentil avec elles et fidèle.

Il y eut une rumeur, l'animateur eut son même regard admiratif vers le public et tout le monde applaudit, mais il y eut aussi des sifflets et des huées. Bizarrement, cela le fit se sentir bien, il en avait assez que tout le monde soit gentil avec lui.

— Mais ce n'est pas la même chose chez vous, Ulik ?

— Si, mais comme nous ne sommes pas nombreux, les femmes ne rêvent pas : elles savent qui sont les hommes disponibles, elles les fréquentent depuis leur enfance, savent ce qu'ils valent. Ici, elles rêvent de rencontrer des hommes qu'elles ne connaissent pas encore, pour trouver enfin le bon. J'en ai même vu qui se montraient à la télévision pour que des hommes inconnus les appellent.

— Ulik regarde « Rencontre, rencontre », mesdames et messieurs. Alors, Adeline, qu'est-ce que vous pensez de ce que raconte Ulik ?

— Je pense qu'Ulik veut dire que les femmes inuits sont résignées à ce que sont les hommes, parce qu'elles en dépendent, alors que nous n'avons plus besoin de nous résigner. Et nous préférons être seules que mal accompagnées.

Quelque chose le choquait dans le raisonnement d'Adeline. Depuis qu'il était arrivé dans ce pays, il avait senti le désir de plusieurs femmes seules et leur bonheur de se retrouver dans les bras d'un homme.

— Mais, dit l'animateur, il y a quand même des femmes heureuses et mariées, non ?

— Oui, mais ça dure combien de temps ? Bientôt, la moitié des mariages vont se terminer en divorce. Sans compter toutes celles qui ne sont pas heureuses et qui restent.

— Ah, dit l'animateur en regardant une de ses fiches, c'est vrai, mais je vois aussi qu'après une séparation, les hommes se remettent plus souvent en couple que les femmes.

— Vous voyez, dit Adeline, ça prouve bien que ce sont eux qui y trouvent leur compte dans le couple.

— Mais, en général, ils le font avec une femme plus jeune, lut l'animateur.

— Et plus mince ! dit le petit homme.

Le public éclata de rire. Ulik vit à nouveau la souffrance passer dans les yeux d'Adeline. Il se sentit l'envie de la protéger, mais il n'osa rien dire, car il aurait eu l'impression d'attirer encore plus l'attention sur son poids. Il pouvait toujours faire diversion.

— Il y a un autre problème, dit-il.

— Ah, Ulik, nous vous écoutons.

— Chez nous, les femmes sont très pudiques. Ici, elles dévoilent tout le temps leur corps. Du coup, les hommes ont sans cesse des envies d'infidélité.

De nouveau, rires, applaudissements, rires.

— Ce n'est pas toujours vrai, dit Adeline d'un air pincé.

— Reste voilée, chérie, je préfère, dit le petit homme.

C'en était trop. Il se tourna vers le petit homme.

— En pays inuk, un homme ne doit jamais humilier une femme !

— Je... je ne me sens pas humiliée, dit Adeline.

— Ah, tu vois, dit le petit homme. Elle ne te demande rien.

Il réalisa qu'il avait fait une erreur : Adeline n'acceptait pas d'être défendue par un homme, elle devait trouver ça déshonorant. Et pendant que les gens applaudissaient, il pensa que les femmes kablunaks étaient vraiment devenues folles.

À partir de cette émission, la vie d'Ulik commença à changer. Les gens le reconnaissaient dans la rue. « C'est Ulik ! » entendait-il souvent s'exclamer derrière lui, et aussitôt après un petit garçon accompagné de sa mère, un groupe de jeunes adolescentes, une femme seule un peu intimidée, un couple de personnes âgées l'approchaient en souriant, lui demandaient un autographe, lui disaient qu'ils l'avaient trouvé merveilleux à la télévision, tout en s'excusant de le déranger. Les gens continuaient toujours d'être gentils avec lui, et il n'arrivait pas à savoir s'ils l'étaient comme on l'est avec un enfant qu'on veut protéger ou comme avec un chef dont on veut s'attirer les bonnes grâces.

— Un peu des deux, dit le Docteur Hector. Pour eux, vous êtes à la fois un pauvre Inuit menacé par un monde hostile. Mais aussi quelqu'un qu'on voit à la télé, une star. C'est une combinaison irrésistible.

— La Compagnie veut me prendre en photo pour ses publicités. Et même tourner un film.

— Ah, vous voyez, eux aussi ont compris ça. J'espère que vous allez leur demander des tonnes de fric.

— Marie-Alix m'a dit qu'elle allait chercher un avocat.

— Son ex-mari est avocat, non ?

— Oui, mais elle en veut un autre. Pourtant, je crois que c'est son domaine, à Charles, les contrats de ce genre.

— Vous le voyez souvent ?

En effet, depuis qu'Ulik s'était installé chez Marie-Alix, Charles passait beaucoup plus souvent à l'appartement. Un jour, il avait même apporté un bouquet de fleurs et comme personne n'était là, il l'avait laissé à la cuisine.

— C'est une spécialité masculine, dit le Docteur Hector, ça s'appelle « le retour trop tard ».

Ulik aimait beaucoup ces visites au Docteur Hector. Il avait l'impression d'en apprendre plus sur le monde des Kablunaks en une conversation avec lui qu'en plusieurs journées de rencontres ou de réunions.

— Qu'est-ce que vous avez pensé d'Adeline ? demanda-t-il au Docteur Hector.

— C'est encore une défense.

— Vous voulez dire qu'elle dit et pense quelque chose pour cacher autre chose de trop pénible à supporter ?

— Voilà. Comme toutes les femmes ou presque, elle souffre de sa solitude. Mais c'est difficile à reconnaître, d'abord parce qu'elle se veut une fille courageuse et indépendante, qui ne doit pas compter sur un homme pour être heureuse.

— Et ensuite ?

— Ensuite, quand on est dans une situation dont on a peur de ne pas pouvoir sortir, on essaie de se dire que c'est très bien comme ça pour se sentir moins triste. Elle arrive peut-être à se convaincre que sa vie n'est pas si mal que ça, et après tout c'est vrai aussi. Des comme elle, j'en vois des tas... conclut le Docteur Hector.

— Vous voyez beaucoup de femmes seules ?

— Ah, oui alors. Mais souvenez-vous, dans cette ville, la moitié des femmes vit seule.

— Vous voulez dire qu'elles n'ont pas d'homme dans leur vie ?

— Pas forcément, elles ont parfois des aventures ou même des amants, mais la plupart des soirs, oui, elles se retrouvent seules dans leur petit logement.

Ulik se sentit à nouveau pris d'une sorte de vertige en pensant à ces centaines de milliers de femmes qui n'appartenaient à aucun homme et qu'il aurait pu aller retrouver dans leur lit, surtout depuis qu'il était devenu une star de la télé. Même s'il restait des années au pays des Kablunaks, à raison d'une par soir, il n'arriverait jamais à les connaître toutes. Mais, de toute façon, il allait repartir, et la pensée de Navaranava suffit à effacer celle de toutes ces femmes solitaires allongées dans la solitude de leur chambre.

— Et comment arrivez-vous à les aider ?

— Ça dépend. Ça dépend de leur histoire avec les hommes, à commencer par leur papa. Et puis avec le prince charmant qu'elles attendent et qui ne vient pas.

— Le prince charmant ?

Le Docteur Hector expliqua à Ulik ce qu'était le prince charmant. Il réalisa que c'était un autre nom pour « le bon » dont lui avait parlé Diane.

— Et ce que vous avez dit l'autre jour à la télé m'a fait réfléchir, dit le Docteur Hector. C'est vrai qu'une femme ne peut pas trop rêver au prince charmant quand le nombre d'hommes disponibles est limité. Et, après tout, c'était la même chose quand tout le monde ou presque vivait à la campagne et, avant cela, au cours de toute l'histoire de l'humanité. Alors qu'aujourd'hui, elles peuvent toujours rêver au prince charmant qu'elles vont peut-être croiser au coin de la rue. Mais même quand elles le rencontrent, il ne reste pas prince charmant bien longtemps. Et puis, autrefois, c'était aussi plus difficile pour les hommes mariés d'être infidèles, parce qu'il n'y avait pas tant de femmes célibataires en libre circulation.

— C'était comme chez les Inuits aujourd'hui.

— Oui, sûrement un peu.

— Mais est-ce que les femmes et les hommes étaient plus heureux ensemble ?

— Ah ! ça c'est une question bien difficile, mon cher Ulik. En tout cas ils ne devaient pas être heureux et malheureux de la même façon. Les gens avaient des vies moins aventureuses, plus monotones... Sans doute moins d'extases, mais aussi moins de dégringolades. Et tiens, justement, est-ce que les Inuits vous paraissent plus heureux que nous ?

Ulik envisagea cette question. C'était ce qu'il appréciait dans ses conversations avec le Docteur Hector : elles le forçaient à réfléchir.

— Je ne sais pas si nous sommes plus heureux, mais je crois que nous avons des moments de plus grande joie. Quand on revient au village après une longue chasse et que tout le monde vous accueille, quand on réussit à attraper un morse après une période de disette, quand le printemps arrive et qu'on a envie de faire l'amour, quand un enfant naît...

— Ça au moins, c'est une joie qui nous est restée, dit le Docteur Hector. Quoique ce n'est même pas sûr, remarquez, on fait de moins en moins d'enfants, on devient une société de vieux...

— ... mais peut-être aussi que nous avons des moments de plus grandes peines. La vie est dure en pays inuk. Une faute d'attention, et vous êtes mort. Une mauvaise saison de chasse, et la famine arrive. Beaucoup de nouveau-nés ne survivent pas.

— C'est vrai qu'on a un peu oublié ce genre de vie, dit le Docteur Hector. Nous ne nous rendons plus compte à quel point nous sommes gâtés. Et les femmes non plus, je ne sais pas si elles réalisent toujours à quel point elles sont avantagées par rapport à celles du reste du monde. Mais c'est vrai que si c'est pour se retrouver finalement seules...

Ulik se demanda pourquoi le Docteur Hector parlait toujours des femmes seules qui venaient le voir et non pas des hommes seuls.

— Parce que les hommes seuls ne viennent pas me voir, ou seulement quand ils sont vraiment malades. Les femmes savent que se confier à quelqu'un comme moi, ça peut les aider. Pour beaucoup d'hommes, au contraire, ça serait le signe qu'ils ne sont plus capables de se débrouiller seuls, la honte, quoi. Ils ne viennent que lorsqu'ils n'arrivent vraiment plus à fonctionner ou parce qu'une femme leur a mis la pression pour qu'ils se soignent.

C'était amusant de voir que malgré toutes leurs différences, les hommes kablunaks ressemblaient aux hommes inuits : aller se confier et se faire plaindre leur donnait l'impression qu'ils n'étaient plus tout à fait des hommes.

Une autre question tracassait Ulik, mais il n'osait pas trop la poser.

— Quelque chose d'autre, Ulik ?

— Oui, en fait je me suis demandé si c'était une bonne idée de vous avoir laissé l'autre jour avec Géraldine.

Le Docteur Hector eut un petit rire.

— Ne vous inquiétez pas. Dans un sens, c'était une bonne idée : grâce à vous, j'ai perdu une sorte de virginité. Et après tout, pour quelqu'un dont le métier est de comprendre les gens, c'est une expérience intéressante.

— Ça s'est bien passé alors.

— Très bien, en plus elle était sympathique. Vous avez bien choisi, mon cher Ulik.

— Mais vous allez la revoir ?

Le Docteur Hector hésita.

— En fait, je ne pense pas. Pour vous, c'est différent. Mais pour moi, ici, ce serait un peu comme une défaite... Mais par certains moments, je me dis que mon métier et le sien ont quelque chose en commun.

— Quoi donc ?

— Eh bien... elle et moi, nous faisons payer nos clients pour leur fournir une situation d'intimité... dans laquelle ils ne se sentent pas jugés...

Ulik pensa que le Docteur Hector arrivait souvent à voir les choses d'une manière intéressante, un peu comme si lui aussi était un étranger dans ce pays.

— ...mais à part ça, nos spécialités sont quand même assez différentes.

Après, ils se mirent à parler de Thomas. Le Docteur Hector avait été impressionné par ses progrès. À raison d'une séance quotidienne avec Ulik, le petit garçon arrivait à tenir une conversation presque normale.

— Pour les autres, il était franchement bizarre ; là, il est devenu juste original.

— L'autre jour il a invité un copain à la maison.

— C'est une première. Bravo. Mais ça m'amène à une autre question.

— Une question ?

— Voilà Ulik, je crois que vous êtes devenu assez important pour cette famille. Quand allez-vous partir ? En parlez-vous avec eux ?

Ulik se dit que le Docteur Hector connaissait l'art des explications simples mais aussi celui des questions difficiles.

— Vous allez repartir bientôt ? demanda Marie-Alix.

La question le réveilla complètement. Jusque-là, il flottait dans un demi-sommeil où il se sentait par moment en pays inuk et où le corps féminin près de lui était celui de Navaranava.

— Je ne peux pas partir tant qu'on n'a pas tourné le film.

C'était le grand projet de Florence. Tourner un film sur Ulik qui servirait à renforcer l'image de la Compagnie. Mais, apparemment, tourner un film qui devait durer quelques minutes demandait des semaines de réunions et décisions variées dont on ne le tenait d'ailleurs pas au courant.

— Mais après, vous partirez ?

— Je ne sais pas, il le faudrait ?

— Ce n'est pas ce que je veux dire, dit Marie-Alix. Elle se redressa sur un coude et le regarda tranquillement, comme elle aimait à le faire.

— Vous êtes toujours mon petit cadeau du Nord, continuait-elle, même quand vous faites des bêtises

Mais je me dis que la vie d'un Inuit n'est pas ici. Sans compter la mignonne que j'ai vue dans ce reportage sur votre village...

Ils n'avaient jamais reparlé de l'apparition de Navaranava, mais, visiblement, Marie-Alix avait tout compris.

— Ça ne veut pas dire qu'on ne se verra plus, dit Marie-Alix. J'ai des raisons d'aller en pays inuk, c'est mon boulot après tout.

Il essaya d'imaginer cela : Marie-Alix en combinaison polaire descendant d'un petit avion à patins, puis arrivant au milieu de son village. Lui, Ulik, sortant de son igloo pour l'accueillir, suivi de Navaranava. Marie-Alix et Navaranava se serrant la main. Ou s'embrassant sur les joues, comme le faisaient souvent les femmes ici. Et tous ils revenaient dans l'igloo, sombre et enfumé.

— Cela n'a pas l'air de vous rendre très heureux, dites-donc, que je vienne vous voir.

— Ce n'est pas ça.

— Ah bon, qu'est-ce que c'est alors ?

Il venait de réaliser qu'il n'avait pas très envie de revenir vivre dans un igloo. Le froid, la fumée. Plus de bains chauds, cette merveille qu'il avait découverte le premier soir à l'hôtel. Plus de conversation avec le Docteur Hector. Plus de rencontres nouvelles... La peur commença à monter en lui. S'il restait encore un peu ici, il serait perdu pour le pays inuk. Mais, d'un autre côté, il ne se sentirait jamais complètement à l'aise ici. Sans compter que l'esprit de Navaranava était entré dans la moelle de ses os pour toujours, il le savait. Il n'avait pas envie d'expliquer tout cela à Marie-Alix, il ne voulait pas lui donner de soucis.

— Je pense que vous allez vous retrouver toute seule si je m'en vais.

— Oh, mon petit Inuk, ça c'est trop gentil.

Elle l'embrassa.

— Mais vous savez, continua-t-elle, j'ai l'habitude. J'étais seule avant que vous arriviez, je serai seule après votre départ. J'aurai peut-être des petits coups de cafard, mais ça n'est pas un drame.

Après tout, il se souvenait de ce que lui avait dit le Docteur Hector : la plupart des femmes dans cette ville vivaient seules ; et même si elles avaient besoin d'aller voir des psychiatres de temps en temps, elles ne s'en tiraient pas trop mal. Mais l'idée qu'une femme aussi merveilleuse que Marie-Alix se retrouve seule lui paraissait une offense.

— Et puis, je crois que vous m'avez redonné un coup de jeune. Je m'aperçois que les hommes me regardent plus qu'avant.

— Y compris Charles ?

— Oh, celui-là. Il peut toujours essayer le coup des fleurs...

— Vous n'auriez pas envie qu'il revienne ?

— C'est vrai que ça ne serait pas une mauvaise solution. Surtout pour les enfants...

Ils restèrent sans rien dire pendant quelque temps. Le retour de Charles aurait sans doute fait du bien à cette famille à qui il voulait justement du bien, mais, d'un autre côté, l'idée qu'un autre homme puisse faire l'amour à Marie-Alix était difficile à supporter.

— Il y a quand même un gros problème, dit Marie-Alix.

— Avec Charles ?

— Ah, ça me fait marrer que vous l'appeliez comme ça, Charles, je ne sais pas pourquoi. Charles, Charles. Au début, j'essayais de l'appeler Charlie, parce que Charles, ça me faisait penser à mon grand-père.

— Et quel est le problème avec Charlie ?

— C'est que je crois que c'est un peu grillé.

— Grillé ?

— Je ne l'aime plus, quoi. Même s'il redevient gentil et tout, moi je ne l'aime plus. Alors, autant rester seule.

Et c'est là qu'il comprit que Marie-Alix et Adeline avaient quelque chose en commun, comme presque toutes les femmes kablunaks : elles préféraient rester seules que de vivre avec un homme dont elles n'étaient pas amoureuses.

C'était évidemment un luxe que les femmes inuits ne pouvaient se permettre, elles qui avaient besoin d'un homme pour nourrir le foyer. Mais ce luxe des femmes kablunaks avait un prix : la solitude pour beaucoup.

Il se disait que s'il demeurait trop longtemps loin de son île, il allait ressembler aux Inuits du Sud que lui avait décrit Quananvissajaq, l'interprète de la base pétrolière. Au début, le chef n'avait même pas voulu le recevoir. Pour lui, les Inuits du Sud étaient juste une bande d'incapables qui avaient pactisé avec les Kablunaks et ne savaient plus comment chasser sans fusil.

Ulik et Quananvissajaq se rencontraient derrière un rocher, près de la plage, là ou personne ne pouvait les voir. Le premier jour, ils n'avaient pas eu une grande conversation.

— Votre chef n'est pas facile, avait dit Quananvissajaq.

— C'est notre chef, avait répondu Ulik.

Après quoi ils avaient regardé la mer sans rien dire pendant quelque temps. La glace était en train de se reformer. Bientôt la banquise serait là et la saison de la chasse au phoque pourrait recommencer.

Mais, peu à peu, ils avaient appris à faire connaissance. Ulik était intéressé de savoir comment les

Inuits vivaient plus au sud, s'ils avaient vraiment adopté des manières de vivre kablunaks. Quananvissajaq était curieux de comprendre comment la tribu d'Ulik arrivait à survivre sur cette île, à la manière de ses propres ancêtres. Ils avaient à peu près le même âge, et ainsi aucun ne se sentait humilié de montrer à l'autre tout ce qu'il ne connaissait pas.

— C'est vrai que nous vivons un peu comme des Kablunaks, disait Quananvissajaq. Nous avons des maisons chauffées, remplies d'objets fabriqués par eux, qui permettent d'écouter de la musique sans en jouer ou de cuisiner sans allumer de feu. Nous n'avons plus besoin de chasser pour nous nourrir. Il y a un magasin kablunak qui vend toutes sortes d'aliments comme ici, dans la base. Je pourrai t'en faire goûter si tu veux. Les hommes ne gagnent plus leur vie avec la chasse et les fourrures, depuis que des femmes kablunaks sont devenues folles et ont décidé qu'elles n'en voulaient plus. Alors, ils s'ennuient. Nos enfants vont à l'école et ils apprennent à lire et à écrire, comme toi tu l'as appris, et moi aussi.

— Mais s'ils n'ont plus besoin de chasser, que vont-ils faire plus tard ?

— C'est la grande question. Il leur faudra apprendre des spécialités kablunaks, mais bien peu y parviennent. Le travail est une invention des Kablunaks à laquelle beaucoup ont du mal à s'habituer, surtout les hommes. Alors, ils regrettent la vraie vie inuk, celle que tu vis ici... mais, en même temps, ils ne pourraient plus survivre comme vous le faites – moi non plus je ne crois pas que je pourrais. Ils s'ennuient... et puis il y a l'alcool.

Apparemment, l'alcool était un problème pour les Inuits.

— Et les femmes ? avait encore demandé Ulik.

— Elles s'en tirent mieux. Les hommes ne sont plus chasseurs, mais les femmes seront toujours mères, cela ne change pas pour elles. Et puis elles sont consciencieuses, elles s'habituent mieux au genre de travail qu'ont inventé les Kablunaks.

Pour la chasse, les hommes seraient toujours les meilleurs, mais pour le travail à la kablunak, les femmes les surpassaient.

En se souvenant de cette conversation, Ulik se disait que même ici, les hommes kablunaks devraient commencer à s'inquiéter.

Un matin, il croisa Charles qui sortait de l'ascenseur.

— Marie-Alix vient de partir, dit-il.

— Ah ! dit Charles d'un air un peu désappointé en regardant sa montre, puis Ulik. Soudain, il demanda :

— Vous avez le temps de prendre un café ?

Ils se retrouvèrent à la terrasse d'un petit bistrot en face de l'immeuble.

— Alors, dit Charles, votre séjour se passe bien ?

Il eut l'air de réaliser le sens que pouvait prendre sa question, et tous les deux se sentirent encore plus gênés en pensant en même temps à Marie-Alix nue entre les draps.

— Oui, dit Ulik. Les gens sont très accueillants.

La gêne les reprit, pour la même raison. Ce fut Charles qui trouva la solution.

— Thomas a l'air de bien vous aimer.

Et ils se mirent à parler de Thomas et de ses progrès.

Après, ils parlèrent de Juliette et s'accordèrent sur son caractère difficile.

— C'est devenue une vraie femme, dit Charles, comme si cela suffisait à expliquer le caractère tempétueux et imprévisible de sa fille.

Finalement, Ulik se mit à trouver Charles vraiment sympathique avec ses cheveux teints, qui prenaient une belle couleur rousse dans le soleil du matin, et sa manière mélancolique de boire son café. Il était très bien habillé à la mode kablunak – il portait une cravate où étaient dessinés de petits chiens et ses boutons de manchettes semblaient faits d'ivoire. Il se sentit l'envie de mieux comprendre Charles.

— Au fond, demanda-t-il, pourquoi Marie-Alix et vous avez-vous divorcé ?

Il se souvenait de ce qu'avait dit le Docteur Hector : les gens acceptaient d'un Inuit comme lui des questions qu'ils n'auraient pas appréciées d'un de leurs semblables.

Charles sourit et haussa les épaules, comme s'il se moquait de ce qu'il allait dire :

— C'est tellement con, dit-il.

Ulik se souvenait de l'explication du Docteur Hector : Charles avait eu une liaison pour se sentir admiré par une femme plus jeune qui ne l'avait pas connu dans ses débuts.

— La nouveauté, se sentir jeune à nouveau, dit Charles.

De ce point de vue, les Kablunaks ne se différenciaient pas non plus des Inuits. Une femme qu'on n'avait pas approchée apparaissait toujours plus attirante qu'une trop bien connue.

– Je vous dis ça maintenant, dit Charles, mais à l'époque, bien sûr, j'appelais ça être amoureux.

Ils recommandèrent des cafés. Ulik se demandait s'il aurait été bienséant de demander un verre de vin blanc, comme il avait vu certaines personnes en boire dès le matin au comptoir.

— Le problème, dit Charles, c'est que passée la période de la passion, on se rend compte que l'intimité, ça ne se recrée pas comme ça. Surtout avec quelqu'un qui a vingt ans de moins que vous.

Ulik en déduisit que la nouvelle femme de Charles devait avoir à peu près son âge à lui.

— Elle me fait chier, dit Charles. Au début, être avec elle me faisait me sentir jeune, maintenant, au contraire, je commence à me sentir vieux. En même temps, avec cette histoire, j'ai repris le goût des jeunettes, et ça ne va pas s'arranger...

Il eut l'air de réfléchir, et puis il dit :

— Au fond, du temps de mon grand-père, j'aurais eu une liaison, mais jamais ma femme n'aurait demandé le divorce.

Charles semblait avoir oublié ce que le Docteur Hector avait appris à Ulik : les femmes n'acceptaient plus de partager un homme. Il commençait à comprendre la théorie du Docteur Hector sur la frustration : si les hommes ne supportaient plus la frustration de rester fidèle et si les femmes ne supportaient plus la frustration de les savoir infidèles, on pouvait comprendre que les mariages kablunaks duraient de moins en moins, surtout si les femmes se permettaient aussi d'être infidèles.

Charles avala un peu de café puis dit d'un ton moins aimable :

— Je ne sais pas pourquoi je vous raconte tout ça, après tout vous êtes l'amant de ma femme.

— Vous avez besoin de *naklik*, dit Ulik.

— De *naklik* ?

Ulik lui expliqua le sens de ce mot et la conversation prit un tour plus calme.

— Bon, dit Charles, à moi de vous poser des questions. Vous allez bientôt partir ?

Tout le monde se souciait de son départ. C'était un signe.

— Bientôt.

— Qu'est-ce que veut dire « bientôt » en inuit ?

— En inuk, pas en inuit.

— Pourquoi, vous n'êtes pas un Inuit ?

— Un Inuk, des Inuits.

C'était un petit tour très utile, dès qu'une conversation devenait un peu tendue : il suffisait de rappeler qu'il était un Inuk pour que les passions se calment.

— Bon, dit Charles, je ne veux pas avoir l'air de vous mettre dehors, mais est-ce que vous avez une idée de la date de votre départ ?

— Je suis ici pour représenter ma tribu.

— Bien sûr, mais pendant combien de temps ?

— Je dois attendre le tournage d'un film. Et puis, il faut que j'arrive à obtenir le maximum d'argent, pour moi et ma tribu. Je vais revenir comme d'une longue chasse et je dois montrer mon gibier.

Charles avait l'air très intéressé.

— Bien sûr, dit-il. Vous ne pouvez pas rentrer bredouille.

— Exactement.

— Vous pourriez même avoir un contrat faisant que l'argent continue à tomber même quand vous n'êtes plus là.

— Ce serait excellent.

– Oh, je comprends, dit Charles. Vous pourrez me montrer les contrats qu'ils veulent vous faire signer ?

Un jour, il emmena Thomas au zoo.

Les ours polaires semblaient sommeiller. Ils faisaient semblant de ne pas faire attention à eux, mais Ulik était sûr qu'ils avaient remarqué sa présence.

— Ceux que tu as tués, est-ce qu'ils étaient aussi grands que ceux-là ?

La vérité était que ceux qu'Ulik avaient tué, étaient plus grands. Mais la vantardise est un des plus grands péchés pour un chasseur inuk, alors Ulik répondit :

— Oui, à peu près pareils.

À ce moment, un des ours polaires ouvrit les yeux et regarda Ulik.

— Il te regarde ! dit Thomas.

C'était vrai. L'ours maintenait son regard rivé dans le sien. L'esprit de Nanook se riait des distances. Puis l'ours referma les yeux et reposa sa tête sur le rocher.

— Il t'a regardé ! Il t'a regardé !

— Il n'y avait que nous, dit Ulik, c'est normal.

— Non, non, il te fixait. C'était toi qu'il regardait ! Comme s'il t'avait reconnu !

Il savait que Thomas avait raison. C'était un signe. Peut-être était-il temps de rentrer au pays.

Il voyait Thomas qui dansait presque sur place d'excitation, et il se dit qu'annoncer son départ serait bien difficile.

Un matin Florence vint enfin le chercher pour le tournage de la publicité de la Compagnie.

— Charles vous a drôlement bien défendu, dit-elle. Droit à l'image et tout. Vous allez toucher un paquet, et même pendant un certain temps si la campagne prend le tour qu'on a prévu.

— J'espère bien.

— Qu'est-ce que vous allez en faire de tout cet argent ? demanda-t-elle.

Il faillit répondre : « Partager tout avec la tribu », mais il réalisa que ce n'était pas ce qu'il pensait. Il avait envie de tout garder pour lui, Navaranava et les enfants qu'ils auraient. Il fut effrayé à cette pensée : à force de rester ici il commençait à penser comme un Kablunak.

Quand ils arrivèrent dans le studio, tout était déjà prêt, organisé par toute une équipe et supervisé par une femme avec une spécialité : directrice artistique.

Elle était vêtue de noir, avec un visage assez beau, mais sévère. Il se dit qu'elle aurait pu jouer le rôle d'une belle sorcière dans un conte kablunak.

— On attend juste le dresseur, dit-elle.

— Le dresseur ?

— Oui, et son ours, bien sûr.

— Un ours ?

C'était quelque chose que Florence ne lui avait pas précisé : on allait le prendre en photo avec un ours blanc. La Compagnie pensait que l'image d'un Inuk et d'un ours serait irrésistible auprès du grand public.

— Ce n'est pas possible, dit-il.

— Mais enfin, Ulik, ne vous inquiétez pas, c'est un ours dressé.

— Vous avez peur ? demanda la directrice artistique d'un air outré.

Il ne pouvait pas leur expliquer comment il avait offensé l'esprit de Nanook. S'il le retrouvait, même ici, un malheur en résulterait.

Florence l'emmena dans un bureau pour le convaincre.

— Écoutez, je vous garantis qu'il ne vous arrivera rien. C'est un dresseur professionnel. Il a déjà travaillé pour la pub avec son ours...

C'étaient de bons arguments, dans ce monde-là. Mais il avait accès à un autre monde que Florence n'entrevoyait même pas. Il continua de refuser, sans donner ses raisons, car il savait qu'elles lui auraient semblé folles.

Finalement, elle l'implora, en lui disant que s'il refusait, il la mettait dans une situation très difficile.

— Le Président serait furieux contre moi. Et il pourrait très bien piquer sa crise et arrêter les subventions !

Elle était au bord des larmes.

— Je vous en prie, Ulik, ne me laissez pas tomber. Je vais être punie...

Soudain, l'esprit de la jeune fille, et même de la petite fille semblait revenu en elle.

C'est ainsi qu'elle finit par le convaincre. Il ne pouvait laisser une femme dans la détresse et il ne pouvait abandonner sa tribu... Il allait se battre, même contre l'esprit de Nanook.

— Bon, elle est habituée, maintenant, on peut y aller, dit le dresseur.

C'était un gros homme barbu, qui avait un peu l'air d'un ours lui-même. Il se tenait au milieu du studio, sous les projecteurs, en compagnie de l'animal à qui il avait fait faire un petit tour du studio au bout d'une laisse. C'était une ourse. Elle paraissait paisible, elle semblait ne plus s'intéresser tellement à la situation. Elle s'assit sur ses pattes de derrière et posa la tête sur l'épaule du dresseur.

Celui-ci avait expliqué à Ulik qu'Ulla était née en captivité et donc dressée depuis l'enfance. En outre, il prenait soin de la nourrir avant chaque séance à l'extérieur. C'était un homme qui semblait compétent et connaissait un peu le sud du pays des Yupiks, qui sont des cousins des Inuits, au nord de l'Alaska. C'était de là que venaient les parents de l'ourse.

Mais Ulik ne craignait pas Ulla, il redoutait l'esprit du grand Nanook qui pouvait prendre possession d'elle. C'était la première fois qu'il se trouvait sans arme aussi près d'un ours polaire et cela lui donnait une pénible impression d'inconfort, même si Ulla était d'une taille plus modeste que les grands mâles qu'il avait affrontés. Il remarqua que les gens dans le studio, y compris Florence, n'avaient pas l'air inquiets, sans doute parce qu'ils avaient confiance dans le dresseur et ne voyaient en Ulla qu'un gros animal attendrissant, comme les peluches qu'ils donnaient à leurs enfants.

Il adressa une prière silencieuse à Nanook. *Pardon. Si tu dois me punir, fais-le plus tard et non pas au milieu de ces gens qui ne sont pour rien dans notre affaire.*

Et il s'avança pour prendre la pose près d'Ulla. Le photographe lui demanda de sourire, mais cela lui prit du temps avant d'y parvenir.

De temps en temps, le dresseur revenait dans le champ pour faire changer de pose à Ulla, tandis que le photographe lui donnait des indications à lui, Ulik. Il pensa qu'Ulla et lui étaient deux créatures du Nord en train de se faire commander par des Kablunaks et c'est à cet instant qu'il sentit comme une complicité avec elle et qu'il oublia l'esprit de Nanook.

À la fin, le photographe voulut une dernière photo d'Ulla assise, montrant la plante noire de ses pattes. Il souhaitait qu'Ulik prenne la pose assis contre elle, tous les deux regardant l'objectif.

— Je ne sais pas si j'aime trop ça, dit le dresseur.

— Juste une seconde, dit le photographe. Un peu comme s'ils étaient de la même famille ou des copains d'enfance.

— Un ours n'est jamais votre copain, dit le dresseur.

— Ce serait magnifique, dit Florence.

— Il faudrait que je reste tout près d'elle, dit le dresseur.

— Pas de problème, dit le photographe, de toute façon on fera disparaître le fond ensuite.

— J'admets que c'est une performance qui augmente le budget, dit Florence.

Personne ne lui demandait son avis. On voulait le faire asseoir entre les pattes d'un ours polaire et personne ne lui demandait son avis.

Finalement, ils s'installèrent. Le dresseur fit asseoir Ulla. Posée sur son gros derrière avec ses pattes de derrière écartées comme celles d'un bébé, elle semblait encore plus débonnaire.

— Allez-y, dit-il à Ulik.

Ulik regarda Ulla et il vit qu'*elle le regardait.*

Il mit une seconde à décider si c'était un regard amical, à penser à l'effet qu'un refus aurait produit sur ces gens et aux conséquences sur son moral ensuite. *Allez,* se dit-il, *si tu veux me tuer, tu n'as pas besoin d'attendre que je sois dans tes pattes.*

Et il se retrouva assis, le dos appuyé contre le poitrail d'Ulla qu'il sentait derrière lui comme un grand mur chaud et couvert de fourrure. Il entendit les appareils-photo cliqueter en rafale et il vit leurs visages à tous qui les regardaient d'un air émerveillé, comme des enfants devant un cadeau. Une ourse polaire et un Inuk, personne ne pouvait résister.

— Okay, dit le photographe, merci.

Alors Ulla s'écroula tranquillement sur lui et ils restèrent immobiles sur le sol, les membres entremêlés, tandis qu'elle poussait un petit feulement joyeux et qu'il se sentait transporté au pays. Il entendit les ordres rauques du dresseur, et Ulla recommença à bouger.

Plus tard, quand tout le monde prenait des cafés, le dresseur d'Ulla s'approcha de lui.

— Elle n'a jamais fait ça, dit-il. Jamais.

Et Ulik sentit qu'il avait eu peur.

Il commençait à se sentir triste. La question de son départ lui apparaissait comme la crête d'un glacier dont on s'aperçoit trop tard qu'on ne pourra pas la franchir alors que le jour est trop avancé pour faire demi-tour.

Il sentait que Marie-Alix y pensait aussi. Elle évitait d'aborder le sujet, mais certains de ses silences en disaient long. Il savait qu'elle aurait accepté qu'il reste plus longtemps et que son séjour aurait pu être financé indéfiniment par la Compagnie, si désireuse de l'avoir de son côté – un Inuk qui s'exprimait trop bien et était devenu trop populaire pour s'en faire un ennemi. Il aurait même pu partir en voyage avec elle. Découvrir l'Europe avec Marie-Alix. Par moments, cette pensée lui donnait le vertige.

Mais il sentait que cette extase ne durerait qu'un temps et que chaque jour supplémentaire passé ici lui rendrait plus difficile le retour dans son pays. La pensée de Navaranava ne le quittait pas. « Navaranava, tu nages dans mon sang, tu dors dans mes os », se disait-il. En même temps, l'idée d'abandonner Marie-

Alix l'accablait, surtout le matin au petit déjeuner, quand il la voyait s'affairer autour des enfants dans la cuisine et qu'il avait l'impression de faire partie d'une famille. Car, maintenant, il arrivait à faire rire Juliette. Souvent, quand elle recevait ses amies dans sa chambre, elle l'appelait pour les lui présenter. Il évitait de prolonger la conversation, car ces jeunes filles étaient un peu trop affolantes, avec leurs nombrils à l'air, leurs petites fesses si visibles dans leurs pantalons serrés et leur manière de lui sourire d'un air ravi. Si c'était l'effet que produisait un passage à la télévision, il comprenait que beaucoup d'hommes veuillent s'y montrer.

Un jour, quand même, il leur demanda si certaines d'entre elles étaient déjà promises à un garçon. Elles partirent toutes dans un fou rire qui le plongea dans un certain malaise. Juliette intervint.

— Ne t'inquiète pas Ulik. Elles sont bêtes.

— Non, je ne crois pas.

— Enfin, pour ici, c'est une question... un peu bizarre.

— Promises à un homme ! s'exclama une petite brunette avant de pouffer à nouveau.

Finalement, elles se calmèrent et s'excusèrent en lui expliquant qu'elles ne se moquaient pas de lui (il l'avait déjà compris et cette précision le vexa un peu : le prenaient-elles pour un idiot ?). Ici, les femmes n'étaient pas promises, annoncèrent-elles, elles choisissaient. Il eut envie d'expliquer qu'en pays inuk on ne pouvait guère choisir, car il n'y a jamais beaucoup de partenaires disponibles de votre génération, puis, se dit que c'était inutile. Mais il leur demanda quand même si elles comptaient se marier bientôt.

— Oh non alors. J'aimerais vivre un peu avant.
— Moi je voudrais d'abord finir mes études.
— Seulement quand j'aurai rencontré le bon.
— Mais après, bien sûr, on se mariera.

Et justement, qui souhaitaient-elles comme mari ? Elles réfléchirent. Au final, cela ressembla à l'homme souhaité par les femmes qu'il avait vues à la télé dans « Rencontre, rencontre ». Un garçon fort, mais qui les comprenne. Qui ne fasse pas passer sa carrière avant la leur. Qui aime s'occuper des bébés. Qui soit beau, intelligent, avec du caractère. Sur ces derniers points, il se demanda si elles arriveraient toutes à trouver, car des hommes qui possédaient tout cela à la fois, il n'y en avait pas beaucoup, même chez les Inuits ! Après cette conversation, il comprit mieux pourquoi les femmes d'ici se mariaient si tard. Et pourquoi beaucoup restaient seules.

Cela le surprenait de sentir que Marie-Alix semblait mieux accepter que lui l'idée de son départ.

— Vous savez, dit-elle un jour en souriant, nous sommes habituées à vivre seules, nous autres femmes kablunaks. Et puis nous avons tellement à faire que parfois ce n'est pas mal de se retrouver seule pour se reposer un peu. Il comprenait : il avait lu dans le grand magazine féminin qu'ici non seulement les femmes travaillaient comme les hommes, mais qu'elles s'occupaient aussi de la maison et des enfants comme les femmes inuits. Elles étaient peut-être devenues un peu folles, mais c'étaient de grandes travailleuses, on ne pouvait leur retirer cela. Marie-Alix continuait :

— Et puis je crois que la solitude, on en fait tout un plat, mais que ce sont les hommes qui la supportent le plus mal. On trouve aussi un certain apaisement dans la solitude.

— Solitude où je trouve une douceur secrète...

— Qu'est-ce que c'est?

— *Le Songe d'un habitant du Mogol*. C'est une fable de La Fontaine.

— C'est incroyable. Vous connaissez même celles que personne ne connaît. Mais qu'est-ce que ça raconte d'autre ?

— *Si j'osais ajouter un mot de l'interprète,*
*J'inspirerais ici l'amour de la retraite :*
*Elle offre à ses amants des biens sans embarras,*
*Bien purs, présents du ciel, qui naissent sous les pas.*
*Solitude où je trouve une douceur secrète...*

— Oh, mon Ulik, tu es trop.

Elle l'embrassa. Pour la première fois, elle l'avait tutoyé.

Il avait repris plusieurs fois un café avec Charles. Pour le remercier d'avoir obtenu pour lui et sa tribu un contrat aussi profitable, il lui avait apporté un morceau non sculpté d'ivoire de narval. Charles avait tout de suite compris l'intention :

— Je vais pouvoir y faire tailler des boutons de manchette !

— Ou des bijoux pour les dames.

— Ah, quelle dame ? voilà le problème.

Un jour, en rentrant à l'appartement, il avait entendu une conversation en provenance du salon, et c'était à nouveau Charles et Marie-Alix, mais cette fois ils ne semblaient pas se disputer. Il s'étaient interrompus quand il était entré, mais il avait eu le temps d'entendre Marie-Alix dire : « Ça ne se décide pas comme ça. »

Un matin, les photos d'Ulik et d'Ulla apparurent sur les murs de la ville. Dans les magazines. Dans les quotidiens. Et même à la télévision, car un film de la séance photo avait été tourné, les montrant en train de prendre des poses ensemble, et d'autres séquences où l'on voyait Ulik rire (elles avaient été prises plus tard, quand la tension était retombée) ou encore Ulla pousser une petite balle avec sa patte. Un slogan revenait toujours : « Ulik et Ulla, nous pensons à eux quand nous cherchons pour vous. »

Marie-Alix lui expliqua qu'il y avait bien longtemps, une compagnie pétrolière concurrente avait mené le même genre de campagne avec un tigre à l'air amical, mais à l'époque il s'agissait juste d'amener les gens à faire le plein d'essence dans les stations-service de cette compagnie.

— Là, ça veut aller beaucoup plus loin, c'est ce qu'ils appellent de l'institutionnel. C'est pour redorer leur image.

— Ils avaient une mauvaise image ?

Elle lui parla des marées noires, de ce qui était arrivé en Alaska, en Amérique du Sud, en Afrique, et aussi du trou dans la couche d'ozone. Le climat de la planète se réchauffait expliqua-t-elle, parce qu'on utilisait trop de pétrole.

Il se souvint alors que, selon les anciens, le glacier d'Iloolik diminuait chaque année, et que l'hiver, la banquise allait moins loin qu'autrefois. Cela lui paraissait étonnant qu'il y ait un rapport entre ces changements dans son pays et le fait que des milliers de gens comme Marie-Alix prennent leurs voitures pour aller au travail. Mais il lui faisait confiance.

Malgré le trou dans la couche d'ozone, à partir de la semaine où la campagne de publicité commença, il ne se déplaça plus qu'en taxi ou dans la voiture de Marie-Alix. Autrement, il n'arrivait plus à avancer à force de signer des autographes. Il se faisait déposer à l'hôtel où sa chambre lui était toujours réservée et payée par la Compagnie, et les fleurs sur la table basse renouvelées chaque jour. C'était un peu comme au pays, lorsqu'on dispose d'un abri de chasse en plus de son igloo au village.

Et bien sûr, il retrouvait Jacinthe.

— Tu es devenu vachement célèbre, Inuk Unique, lui disait-elle.

C'était le moment agréable, après. Ils étaient tous les deux en peignoir en train de déguster ce qu'il avait commandé par le room service – ce jour-là des asperges, des langoustes, des fraises. Il la vit sourire, comme si une pensée venait de lui traverser l'esprit.

— Qu'est-ce qui te fait sourire ?

— Je me dis que ça doit être mon destin.

— Ton destin ?

— Oui, de toujours coucher avec des gens célèbres.

Avec elle, c'était différent d'avec Marie-Alix. Comme ils avaient presque le même âge, il se sentait plus libre avec Jacinthe, il avait moins peur d'apparaître maladroit ou ignorant, bien que Marie-Alix fasse preuve avec lui d'une indulgence infinie. Et puis, même si elle était plus jeune, Jacinthe avait une expérience de la vie et de l'amour qui s'étendait dans des territoires que Marie-Alix n'avait jamais explorés. Il se demandait si celle-ci se doutait de ses rencontres clandestines avec Jacinthe. Elle ne lui posait aucune question. Il se sentait coupable quand il arrangeait le rendez-vous avec Jacinthe par téléphone, ce sentiment s'évanouissait dès qu'elle apparaissait, pour revenir le tourmenter quand il retournait à l'appartement et que Marie-Alix lui demandait en souriant comment s'était passée sa journée. Il racontait sa visite d'un musée, qu'il avait visité en effet, mais sans préciser ses activités suivantes.

Oui, coupable il se sentait. Pourtant la complicité qu'il éprouvait avec Jacinthe ne lui semblait rien retirer à l'amour – car il fallait bien l'appeler ainsi – qu'il ressentait pour Marie-Alix. Mais il savait que les femmes kablunaks, pas plus que les inuits d'ailleurs, ne peuvent supporter d'entendre de tels arguments, tout comme il supportait mal que Charles retrouve Marie-Alix quand il n'était pas à l'appartement, même s'il n'avait aucun argument pour s'y opposer.

Il commençait pourtant à éprouver de la sympathie pour Charles : comment était-il possible à un homme de demeurer toujours fidèle dans une ville où il pouvait chaque jour rencontrer quantité de femmes nouvelles, que l'on pouvait retrouver en secret dans des milliers de chambres disponibles ? Rien de tout cela n'était imaginable en pays inuk. Il se souvenait de ses lectures avec le capitaine Tremblay et de la manière dont la princesse de Clèves luttait contre la tentation de tomber dans les bras du duc de Nemours : tout simplement, elle évitait de le rencontrer en tête à tête. Comme en pays inuk, où il était impossible de se retrouver en tête à tête sans être aperçu par les autres. « La banquise c'est la vertu », pensa-t-il.

Florence et Marie-Alix dépouillaient son courrier. La majorité des lettres avaient été écrites par de très jeunes filles ou des petits garçons. Ils lui envoyaient des photos de lui et d'Ulla, avec des demandes de dédicaces, et il passait deux heures chaque matin à leur répondre. Mais d'autres lettres étaient plus étonnantes ou plus émouvantes.

Des gens lui racontaient leur vie sur des feuilles de papier quadrillé. Des femmes, très nombreuses, lui demandaient des rendez-vous. Des enfants lui envoyaient des dessins qu'ils avaient faits de lui et d'Ulla ou lui demandaient de les emmener au pays des Esquimaux et des ours polaires. Dans de très nombreuses lettres, des personnes de tous âges et toutes conditions le remerciaient d'exister, lui écrivaient simplement que le voir en compagnie d'Ulla les rendaient heureux. Florence lui avait appris que quantité de gens appelaient les chaînes de télévision pour savoir à quelles heures passait leur clip.

Il y avait aussi des lettres plus étranges ou plus agressives. Au début, Florence ne voulait pas les lui montrer, mais Marie-Alix avait insisté

*Vos propos sur les femmes doivent en ce moment être vénérés chez les Talibans et autre barbus. Avec votre mignonne frimousse vous nous refilez cette vieille rengaine machiste que chaque génération de femmes doit affronter.*

*Vous vous êtes vendu à l'ordre pétrolier mondial, vous êtes la honte de votre peuple, et permettez-moi de le dire de l'humanité. Vous êtes une tache de pétrole sur la fourrure d'Ulla.*

*On en a marre des Esquimaux, des Indiens, des Pygmées. Marre du bon sauvage! Ramasse toute ta soi-disant sagesse et rapporte-la d'où elle n'aurait pas dû sortir : un trou dans la glace.*

*J'ai bien reconnu que vous étiez mon fils disparu. Pendant que vous parliez, vous m'avez d'ailleurs adressé un message. Maintenant, Philippe, reviens, tu ne dois pas laisser ta maman.*

*Enfin, cher Monsieur, grâce à vous, j'ai entendu des propos raisonnables à la télévision. Faut-il que notre pays soit bien malade pour que nous ayons besoin d'un représentant des Inuits qui nous rappelle quelques vérités essentielles sur les hommes et les femmes.*

*Ulik et Ulla, moi je ne pense pas à eux, surtout quand ils sont là pour faire du fric. Apprenez à Ulla à faire du vélo, au moins ça ne polluera pas.*

*Est-il vrai que les femmes inuits sont très libérées sexuellement? À la retraite depuis deux ans, je consacre mon temps à la découverte d'autres cultures et j'aimerais savoir s'il est possible de se rendre dans votre région. Connaissez-vous des voyagistes qui la proposent? Si oui, quel est le plus digne de confiance?*

*Bravo Ulik, vous leur avez enfoncé le clou à ces pétasses. Il serait temps qu'elles se calment un peu. Au nom de tous les vrais mecs, je vous dis hip hip hip hourra!*

*Votre discours va servir d'alibi à tous les pays où les femmes sont encore traitées comme des chèvres supérieures. Et si vous voyagiez un peu, vous verriez qu'il en est ainsi dans beaucoup d'endroits du monde. Sortez donc un peu de votre posture de bon sauvage, et commencez à regarder au-delà de votre cocon de l'Unesco. Monsieur l'Esquimau macho, on ne vous dit pas bravo.*

Certaines lettres le faisaient rire, d'autres lui paraissaient incompréhensibles et il eut besoin des explications de Marie-Alix. Mais deux sortes de lettres le soucièrent vraiment : celles qui l'accusaient de s'être vendu à la compagnie pétrolière et bien plus encore celles qui l'accusaient d'être un ennemi des femmes kablunaks.

Il était temps d'en parler au Docteur Hector.

Le Docteur Hector avait l'air beaucoup plus en forme que lors de son précédent rendez-vous. Il paraissait s'être remis de cette douloureuse conversation téléphonique avec cette femme dont Ulik avait juste entendu la voix. Peut-être avait-il réussi à la faire revenir ?

Il lut avec attention les lettres que lui avait apporté Ulik.

— Bon, finit-il par dire. Ne vous inquiétez pas. Il est normal que ce que vous racontiez énerve certaines femmes.

— Mais pourquoi ? Je ne voulais contrarier personne.

— Non, mais vous êtes pris dans un combat, et cela sans le savoir.

Ulik avait toujours mis grand soin à éviter les combats inutiles, même ceux qu'il aurait été certain de gagner, car quand vous restez toute votre vie au sein d'une même tribu, vous ne pouvez vous permettre de laisser monter trop de ressentiment autour de vous. L'idée qu'il puisse se trouver mêlé à un combat sans l'avoir voulu avec des centaines ou des milliers de femmes inconnues lui paraissait effrayante.

— Vous voyez la dernière lettre, celle des chèvres supérieures, elle dit quelque chose d'assez vrai. Il y a encore beaucoup d'endroits dans le monde où les femmes sont traitées comme cela.

— Mais pas chez les Inuits ?

— Non, bien sûr. Mais dans presque tout le reste du monde.

Et le Docteur Hector expliqua à Ulik ce qu'étaient les mariages forcés, l'excision, l'interdiction de faire des études ou de sortir seules pour les filles, les crimes d'honneur.

— Mais je n'ai jamais parlé de ces gens-là !

— Non, mais c'est un peu comme dans une guerre. Les gens se crispent, c'est le réflexe « si vous n'êtes pas avec nous, vous êtes donc contre nous ». Dès que vous dites que les hommes et les femmes ne sont peut-être pas faits pour avoir exactement les mêmes rôles, qu'ils sont fabriqués différemment, on vous accuse vite de vouloir revenir au stade des chèvres supérieures.

Ulik ressentit une nouvelle et brusque envie de rentrer au pays : ce monde était trop compliqué pour lui.

— Et macho, qu'est-ce que ça veut dire ?

— Comment vous expliquer ? Macho, ça veut dire...

Le Docteur Hector hésitait.

— ... un homme qui plaît aux femmes ? finit-il par dire, et il se mit à rire tout seul.

Puis il expliqua vraiment ce que voulait dire macho. C'était un mot qui venait d'Espagne, un pays qu'Ulik ne connaissait pas, mais en écoutant la description du Docteur Hector il lui sembla qu'il était lui-même assez macho.

— Eh bien, ça n'est plus à la mode, conclut le Docteur Hector. Maintenant, elles vous demandent d'être à leur écoute, de compatir à leurs problèmes de bureau, d'être tendre, attentif à leurs besoins, respectueux de leurs décisions, prêt à négocier les vôtres, à partager les tâches ménagères et aussi à discuter de votre relation quand elles se sentent inquiètes. Et elles veulent que vous leur disiez ce que vous pensez même quand vous n'avez pas envie. Voilà tout ce qu'elles veulent ! Ou en tout cas, voilà ce qu'elles demandent ! Parce qu'en plus, avec elles, ce n'est jamais la même chose...

Il avait l'air de s'énerver un peu tout en parlant et Ulik se dit qu'il devait faire allusion à une femme particulière qu'il avait connue, car il n'était pas possible que toutes les femmes kablunaks soient devenues folles à ce point.

— Et le plus beau, dit le Docteur Hector, le plus beau c'est que si vous suivez ce programme, elles finissent pas vous plaquer ! Sans compter qu'entre-temps votre vie sexuelle est devenue nulle...

Cela rappela quelque chose à Ulik. Il raconta au Docteur Hector comment Florence lui avait demandé de la maltraiter pendant qu'ils faisaient l'amour.

— Magnifique, dit le Docteur Hector. Elle commande à des hommes toute la journée, mais gît en elle la frustration de ne pas se sentir dominée... Alors qui choisit-elle pour cela ? Un vrai macho comme vous, mais attention, au moment et à l'endroit qu'elle souhaite. Remarquez, si vous vous installiez ensemble, elle commencerait immédiatement à vouloir vous domestiquer.

— Je ne la laisserais pas faire !

— Oh, vous ne savez pas les armes dont elles disposent !

Il expliqua qu'aujourd'hui les femmes kablunaks pouvaient à la fois vous attendrir en pleurant, en montrant leur faiblesse et leur besoin d'être consolées, comme les femmes inuits d'aujourd'hui et les femmes kablunaks d'autrefois, et puis aussitôt après chercher à vous convaincre et à vous dominer comme le ferait un homme. Ces explications rappelèrent à Ulik la double manière dont Florence l'avait convaincu de poser avec Ulla.

— Elles jouent sur les deux tableaux, conclut le Docteur Hector. Si au moins ça les rendait heureuses. Mais non. J'en vois encore quatorze demain, dit-il en regardant son carnet de rendez-vous. Et les deux tiers vivent seules.

— N'y en a-t-il pas qui sont vraiment gentilles ?

— Elles sont gentilles, au fond. Mais elles sont devenues plus dures qu'avant. Le problème est que de leur côté les hommes sont devenus assez irresponsables, comme on le disait l'autre jour. Alors je vois aussi pas mal de filles gentilles qui se sont fait plaquer, parfois avec des enfants, parce que les hommes en ont trouvé une nouvelle plus excitante... ou surtout parce que leurs femmes ne supportent pas l'idée qu'ils aient une liaison.

— Et les hommes seuls, est-ce qu'il y en a qui sont gentils au fond ?

Il se souvenait bien sûr d'Édouard, l'ami du Docteur Hector, mais même s'il l'avait trouvé sympathique, l'adjectif « gentil » ne semblait pas être celui qui lui convenait le mieux.

— Oui, j'en vois aussi, mais comme je vous l'ai dit, seulement quand ils vont vraiment mal. Ce n'est pas le même profil. Ceux qui restent seuls sont souvent des gars trop timides. Ou alors qui ont une situation sociale un peu défavorisée...

Ulik se souvint de Marcel. Ici, contrairement au pays inuk, connaître la vie du gibier et s'en occuper ne semblait pas une spécialité très considérée.

— ... parce que pour les hommes, c'est le contraire de ce qui arrive aux femmes : plus une femme est diplômée, plus elle risque de rester célibataire et sans enfant ; pour les hommes, c'est l'inverse... Finalement, une jolie secrétaire se casera toujours plus facilement, et en général avec un homme d'un niveau social supérieur, qu'une fille avec un MBA qui sera plus exigeante et qui fera peur à pas mal d'hommes. Ça en dit beaucoup sur la libido du mâle humain...

Ulik en avait trop entendu pour tout comprendre d'un seul coup. Et puis, d'ailleurs, pourquoi vouloir comprendre ce monde qui n'était pas le sien ? Il allait revenir en pays inuk, même s'il devait se passer pour toujours de bains chauds.

Quelqu'un sonna à la porte du cabinet, ce qui le surprit, puisque le Docteur Hector lui avait dit de passer après son dernier rendez-vous. Mais lui n'avait pas l'air surpris et il se leva immédiatement pour aller ouvrir, comme s'il s'attendait à ce coup de sonnette.

Resté dans le bureau, Ulik ne savait trop s'il devait partir ou demeurer assis. Il entendit le Docteur Hector accueillir sa visite du soir et reconnut la voix de Géraldine tandis que le Docteur Hector la faisait passer dans la salle d'attente. Quand il revint dans son bureau, Ulik vit qu'il avait l'air gêné.

— Hem... je vais devoir vous quitter.

— Mais bien sûr.

— Je ne voudrais pas que vous pensiez que...

Ulik se souvint des propos du Docteur Hector sur la fréquentation des femmes comme Jacinthe ou Géraldine : il considérait cela comme une défaite, en tout cas pour lui. Mais Ulik se souvenait aussi de ce qu'avait dit Jacinthe sur ce que venait chercher des hommes auprès d'elle. Il voulut rassurer le Docteur Hector.

— Ne vous inquiétez pas, docteur. Il y a des moments où il faut savoir se reposer un peu avant de repartir.

Le Docteur Hector eut un petit sourire triste.

— Ça, c'est le genre de phrase que je dis à mes patients quand ils sont vraiment au fond du fond.

*Rivière du loup*
*Québec*

*Cher Ulik,*

*Cette lettre va vous surprendre, car vous ne me connaissez pas. Mais moi je vous ai reconnu, en lisant votre histoire dans les journaux, à l'occasion de cette campagne de publicité où vous apparaissez en ce moment avec la gentille Ulla.*

*Je suis la sœur de celui que vous avez connu dans votre enfance sous le nom du capitaine Tremblay, et qui travaillait à la station météo installée près de votre village.*

*À son retour, mon frère m'a beaucoup parlé de vous, de vos visites quotidiennes, de la manière dont il vous avait appris notre langue en vous racontant les* Fables *de La Fontaine, et de votre curiosité pour tout ce qui concernait notre monde.*

*Il s'était attaché à vous, et sans doute vous à lui. Souvent, je l'ai senti tourmenté à votre propos.*

*Il se reprochait de ne pas vous avoir ramené avec lui, car il savait qu'en tant qu'orphelin votre vie serait difficile. Mais il avait été retenu par la pensée qu'ici vous ne seriez jamais heureux, comme le lui avait appris l'histoire des autres enfants inuits enlevés à leur village. J'essayais de le réconforter en lui disant que si vous aviez été capable, encore enfant, d'aller chercher de l'aide auprès de lui et de ses hommes, vous seriez capable en grandissant d'affronter d'autres épreuves. C'est pourquoi j'ai été si heureuse de découvrir votre histoire et de voir le magnifique jeune homme que vous êtes devenu.*

*Mon frère, malheureusement, n'est plus. Il a disparu il y a dix ans au cours d'une mission dont on ne m'a rien révélé. Je suis en revanche autorisée à vous dire que la station météo de votre enfance était en réalité une base radar secrète de l'Otan destinée à surveiller les mouvements des sous-marins soviétiques.*

*J'ai hésité à vous écrire, me demandant si j'avais le droit de vous annoncer la disparition de quelqu'un de si important pour vous.*

*Mais je suis croyante, et je me dis que mon frère, où qu'il soit, doit être maintenant apaisé de connaître votre heureux destin.*

*C'est aussi en son nom que je vous adresse mes affectueuses pensées.*

Il se mit à boire de plus en plus souvent. Cela commença à l'hôtel. Chaque fois qu'il retrouvait Jacinthe, il faisait monter une bouteille de vin blanc, en général du sancerre, pour accompagner leur repas, et de plus en plus souvent il devait commander une deuxième bouteille avant d'arriver au dessert, alors que Jacinthe ne buvait jamais plus d'un verre ou deux.

— Inuk Unique, je crois que tu forces trop sur la bouteille, lui dit-elle un jour.

C'était vrai, mais cela l'irrita qu'elle le lui dise ainsi. Une femme inuit aurait su s'exprimer d'une manière beaucoup plus diplomatique, comme par exemple : « C'est drôle, avant une bouteille nous suffisait, maintenant il nous en faut deux. »

— Oh, mais j'ai contrarié mon Inuk, dit-elle un peu plus tard en le sentant bougon.

Mais il était trop tard pour calmer sa mauvaise humeur. Soudain, il eut envie qu'elle s'en aille, au lieu de refaire l'amour après le repas, comme c'était leur habitude. Comme elle avait des antennes très sensibles, c'est elle qui annonça qu'elle devait partir.

— Un nouveau client ? demanda-t-il.

Elle lui tournait le dos pour rassembler ses cheveux, un geste qu'il aimait, et il la vit s'interrompre une fraction de seconde. À part lors de leurs deux premières rencontres, ils n'avaient plus jamais fait allusion à son métier. Elle se retourna, et il vit dans ses yeux la même expression qu'Adeline à la télévision, quand le petit homme faisait des remarques blessantes.

— J'aurais même dû m'en aller plus tôt, dit-elle.

Resté seul, il commença à s'en vouloir. Que lui arrivait-il ?

Maintenant, il se sentait en colère contre lui-même. Il commanda une troisième bouteille et la termina en regardant « Rencontre, rencontre » à la télévision. Il se sentit un peu mieux.

Il décida de rentrer à pied à l'appartement – une petite promenade lui ferait du bien. Le quartier de l'hôtel n'était pas très animé à cette heure, et il réussit à marcher dix minutes sans se faire remarquer.

Soudain un bruit terrible le fit sursauter. Des hurlements, des sifflets. Il se retourna et vit arriver sur lui trois jeunes Kablunaks vêtus de bleu, portant des drapeaux et qui hurlaient « on a gagné ! on a gagné ! » d'un air très excité. On aurait dit qu'ils revenaient d'une bataille, pourtant il savait qu'il n'y en avait plus depuis longtemps en pays kablunak. Leur vacarme, leur agitation, tout cela lui parut insupportable.

— Tiens, mais c'est l'Esquimau !

— Oh, l'Esquimau, oh !

Et voilà qu'ils l'entourèrent, tout en continuant de crier.

— L'Esquimau avec nous !

L'un d'eux le saisit par le bras, ils voulaient l'entraîner avec lui. Il se dégagea d'un coup sec.

— Oh, l'Esquimau t'es pas sympa !

— Oh, oh, l'Esquimau chante avec nous !

— On a gagné, on a gagné !

C'était intolérable. Ils lui parlaient trop fort, et de trop près. Il avança au milieu d'eux en les repoussant.

— Non, mais je rêve !

— Non, tu rêves pas, ce mec nous a poussés !

Ils le rattrapèrent, et l'un d'eux le prit à nouveau par le bras. C'était un manque de respect comme il n'en avait jamais rencontré. On ne manque pas de respect à un fier Inuk. Il frappa.

Avec les nombreuses joailleries du quartier, la police arriva très vite, puis l'ambulance des pompiers.

Il était assis à l'arrière du fourgon des policiers, et il entendait parler comme à travers un brouillard, car même s'il pouvait se considérer comme victorieux – il était le dernier à être resté debout – il avait reçu quelques coups très violents.

— Putain, les Viets, ils sont pas comme ça d'habitude.

— Celui-là a l'air un peu bourré. Ils supportent pas l'alcool.

— En tout cas, il aime pas le foot, ça c'est sûr.

— Ils ont dû l'énerver.

— Où est-ce que t'habites ?

C'était à lui qu'on parlait.

— Au Ritz, dit-il.

Il les vit se concerter du regard. Après quoi ils trouvèrent sur lui son passeport du Nunavut, et ils se mirent à le voussoyer.

Un peu plus tard, il se réveilla dans une petite pièce sale fermée par un grillage. Tout près de lui, un vieux kablunak qui sentait le vomi le regardait d'un air joyeux.

— Toi, tu es un Hmong ! disait-il.

— Un Hmong ?

Peut-être était-ce encore un synonyme pour macho ?

— Ah, la Rivière Claire, Hoang Sou Phi, on y était ! continuait le vieux kablunak. Ah, vous étiez de sacrés guerriers...

Il semblait très heureux de rencontrer Ulik, ce qui était étonnant vu son état et l'endroit où ils se trouvaient.

Il entonna d'une voix éraillée :

*Tu luttas au Laos, combattit en Annam*
*Et ta guerre fut féroce aussi en terre d'islam*
*La mort te vit bondir de rizière en delta...*

Ulik se passa la main sur le visage. Il se souvenait qu'on l'avait amené aux urgences d'un hôpital, et en effet il sentit sous ses doigts les tracés des points de suture. Il avait terriblement mal à la tête et le vieux kablunak continuait de chanter à tue-tête :

*... Âmes des chevaliers, vous existez encore*
*Roncevaux n'est pas loin, j'entends sonner le cor !*

La porte grillagée s'ouvrit et Marie-Alix apparut en compagnie d'un policier gradé.

— Mon pauvre Ulik, dit-elle.

Elle lui tendit les bras comme à un enfant qu'on retrouve, et là il ne se sentit plus un fier Inuk.

Marie-Alix et lui se parlaient de moins en moins. Et ils faisaient l'amour plus rarement.

Alors qu'il avait l'impression d'appartenir de plus en plus à la famille, il sentait diminuer leur élan amoureux l'un vers l'autre. Il décida de lui en parler, comme il l'avait souvent vu faire dans cette série qu'il regardait le matin à la télévision. Des hommes et des femmes qui semblaient ne jamais sortir de leur salon ne cessaient de tenter de résoudre leurs problèmes avec l'amour (même si on ne les voyait jamais le faire) tout en s'interrogeant sur leur relation. On lui avait dit que cette série était regardée surtout par les femmes, ce qui permettait peut-être de comprendre ce qu'elles attendaient de la vie : on y voyait de très beaux hommes qui parlaient beaucoup en se montrant à la fois tendres et décidés.

— Marie-Alix, on ne fait plus l'amour aussi souvent qu'avant.

Ils étaient dans la cuisine et elle était en train de faire monter une mayonnaise pour Thomas qui aimait s'en faire des tartines.

— Je ne sais pas si j'ai envie d'en parler, dit-elle.

— Marie-Alix, j'aimerais comprendre ce qui nous arrive. Où en sommes-nous ?

Elle le regarda et dit :

— Tu regardes trop la télévision.

Décidément, elles lui reprochaient toujours quelque chose ! De trop boire, de trop regarder la télévision. Les femmes kablunaks étaient très raffinées dans leurs toilettes, mais très grossières dans leurs manières directes de critiquer un homme.

Elle vit qu'elle l'avait contrarié et se reprit plus vite que Jacinthe.

— Ulik, je suis désolée.

Elle s'approcha et lui caressa la joue. Mais aussitôt son regard changea :

— Ma mayonnaise va retomber !

Et d'un bond elle revint à sa tâche. Elles étaient consciencieuses, on ne pouvait leur retirer cela. Mais peut-être en était-il ainsi de toutes les femmes du monde ?

Plus tard, quand les enfants furent partis, ils se retrouvèrent au lit et, cette fois, c'est elle qui en avait pris l'initiative. C'était maintenant un des seuls moments où ils se parlaient : après avoir fait l'amour.

— Mon petit cadeau du Nord se fait du souci ?

— Un peu moins depuis tout à l'heure, dit-il en souriant.

Elle fit semblant de lui donner un coup de poing.

— Tous les mêmes ! Vous ne pensez qu'à ça.

— Nous ne sommes pas les seuls.

— Eh bien non, justement, ça c'est une grande différence. Nous c'est par périodes, vous c'est tout le temps.

— Et là, tu te sens dans quelle période ?

Elle ne répondit rien pendant quelques instants.

— Je crois que mon corps sait que tu vas partir, finit-elle par dire. Alors il commence à se préparer.

— Marie-Alix...

Il la serra dans ses bras et il sentit à nouveau ses larmes contre ses joues, et aussi les siennes.

*Cher Ulik,*

*Peut-être vous souvenez-vous de moi : je suis Adeline, nous nous sommes retrouvés ensemble dans cette émission de télévision. Vous avez voulu me défendre, et j'ai réalisé après coup que j'avais mal réagi en ne montrant pas beaucoup de reconnaissance, y compris sur le plateau.*

*Avec des amies, nous aimerions vous rencontrer pour parler avec vous. Nous pensons que notre point de vue pourrait vous intéresser et nous aurions plaisir à entendre le vôtre.*

*Si vous êtes d'accord pour cette rencontre, rappelez-moi au numéro suivant...*

Et maintenant il se retrouvait assis autour d'une table avec une dizaine de jeunes femmes kablunaks et un garçon à l'air gentil. Il n'était pas accompagné de Marie-Alix, car il se sentait maintenant assez à l'aise pour se débrouiller tout seul. Le taxi avait dû rouler longtemps, il avait vu le paysage de la ville changer et les rues se peupler de gens pas tout à fait kablunaks et moins bien habillés que dans le quartier de Marie-Alix. L'appartement dans lequel ils se trouvaient était situé dans les derniers étages d'un immeuble, et quand il avait jeté un œil au dehors, il avait été effrayé par le paysage : des grandes tours, des usines fumantes et des voies rapides à perte de vue.

— Ulik, commença Adeline, nous voulons vous expliquer notre point de vue. Mais, on est bien d'accord, nous n'avons rien contre vous.

— Au contraire, dit Alex, le jeune Kablunak avec une petite barbe, nous avons beaucoup de respect et d'admiration pour vous...

— De l'admiration ?

Ces gens paraissaient très sympathiques, mais il ne comprenait pas comment ils pouvaient l'admirer : ils ne l'avaient jamais vu chasser ni se battre.

— Oui, parce que vous faites partie des dernières personnes qui vivent sans détruire la terre.

C'était vrai. En regardant par la fenêtre comme il l'avait fait tout à l'heure, on comprenait aussitôt qu'on ne pouvait en dire autant de la civilisation kablunak.

— Et c'est pour ça que c'est bien triste que vous vous fassiez manipuler par cette compagnie pétrolière, dit une autre fille, Samira, avait-il compris.

Il l'avait remarquée tout de suite : elle était très jolie, une grande brune avec des yeux en amande et un long nez, mais habillée sans aucun apprêt, presque comme un homme.

— Samira, on ne va pas commencer à accuser Ulik ! Ce n'est pas un tribunal populaire.

— Non, dit Samira, mais il faut quand même lui en parler.

— Le sujet, c'est nous, les femmes, dit Adeline. Ulik va encore être interviewé à la télé ou dans les journaux, et il faut qu'il entende notre point de vue.

— Absolument, dit Catherine.

C'était une blonde un peu enveloppée, avec un visage rond qui lui rappela un peu certaines femmes inuits, malgré ses yeux clairs qui semblaient toujours un peu effrayés. Elle semblait très amie de Samira, l'écoutait avec admiration, en osant à peine parler. Elle semblait avoir fait des efforts pour dire « absolument ».

— Bon, à toi, Mathilde, dit Adeline.

Mathilde était une petite rousse très menue, aux cheveux coupés court : on aurait dit que l'esprit d'un homme était en elle, ou plutôt d'un fier petit garçon, tandis qu'elle parlait d'une voix assurée et un peu rauque.

— Notre point de vue, c'est que tous les rapports entre les sexes sont fondés depuis toujours sur la violence faite aux femmes. Elles ont réussi à s'adapter depuis des millénaires en se soumettant, en apprenant à mentir, tout ça pour éviter de se faire tuer ou répudier. Et d'ailleurs ça se passe encore comme ça dans de vastes parties du monde. Mais aujourd'hui, enfin, elles ont l'occasion de se libérer vraiment, alors il ne faut pas la laisser passer.

— Tu devrais être un peu plus concrète, dit Adeline.

— Vas-y alors, dit Mathilde d'un air énervé.

— Mais non, continue. C'était juste une remarque.

— Je n'aime pas qu'on m'interrompe ! dit Mathilde.

— Allez, dit Thomas. On ne va pas commencer à se disputer devant Ulik.

Ulik eut soudain un sentiment très bizarre : autour de cette table, c'étaient les femmes qui se disputaient et les hommes qui apaisaient les conflits : c'était l'inverse de ce qui se passait chez lui où le regard désapprobateur des femmes empêchait les hommes d'en venir aux mains trop souvent.

Mathilde reprit.

— Ce qu'on pense, c'est que le futur doit être féminin. Les femmes sont moins violentes que les hommes, elles sont plus consciencieuses, et elles pensent plus à préserver l'environnement car elles se soucient de l'avenir de leurs enfants. Plus les femmes domineront, plus la société sera douce, sans violence et pour un développement durable. Et d'ailleurs, ce sont les sociétés où les femmes ont acquis le plus de liberté, comme les pays scandinaves, qui sont le plus en avance pour les préoccupations écologiques.

Ulik avait déjà réfléchi à ces différences entre hommes et femmes et il était assez d'accord. Il expliqua qu'en pays inuk, les femmes étaient plus consciencieuses que les hommes, car il faut l'être pour coudre soigneusement des vêtements, préparer la nourriture et élever des bébés, alors que pour chasser, ce sont d'autres qualités propres aux hommes qui sont nécessaires : la vitesse, la force, la ruse. Mais, curieusement, cette explication ne parut pas faire plaisir à Mathilde ni aux autres filles.

— Oui, mais c'est parce que vous êtes une société un peu machiste, dit Samira.

— Tu ne vas pas recommencer, dit Adeline.

— Non, mais il faut dire ce qui est.

— Nous n'avons pas à juger la société d'Ulik, dit Alex. Elle leur a permis de survivre dans un environnement incroyablement hostile.

— Mais peut-être qu'un système plus égalitaire entre les hommes et les femmes leur aurait permis de survivre encore mieux, de se développer.

— C'est ça, et de détruire l'environnement ?

Ils recommençaient à se disputer. Il avait de plus en plus soif et, heureusement, il y avait une bouteille de vin rouge déjà débouchée sur la table. Il s'en servit un verre.

— Écoutez, dit Adeline, on pourrait peut-être laisser Ulik exprimer son point de vue.

Le vin rouge était moins bon que celui du Ritz, mais il pouvait s'en contenter. Il vit soudain que tout le monde le regardait. Son point de vue ?

— Oui, dit Adeline. Regardez, ici, aucune fille ne vit avec un homme. C'est grâce à elles que j'ai trouvé l'inspiration pour mon livre *Je n'ai besoin de personne.*

— Et Alex ? demanda Ulik.

— J'ai une amie, dit Alex, mais elle ne vient pas à ces réunions.

— Elle est encore dans le compromis, dit Mathilde.

— Tu exagères, dit Alex.

Et ils recommencèrent à se disputer. Apparemment, l'amie d'Alex voulait vivre avec lui et avoir un bébé, et les autres, surtout Mathilde, considéraient cette attitude comme le symptôme d'une « aliénation ».

— Il ne faut pas exagérer, dit Samira. Alex la respecte beaucoup, et ce n'est pas parce qu'elle n'est pas d'accord avec nous qu'il faut parler d'elle comme si elle était une retardée !

— Merci Samira, dit Alex.

Ulik ne comprenait pas où elles voulaient en venir. Pourquoi trouvaient-elles déshonorant de vivre avec un homme ? Il n'arrivait pas à croire qu'elles puissent aimer leur solitude.

Il continua à boire en les écoutant se chamailler.

— Même la pénétration est le signe de toute la violence contenue dans le rapport traditionnel homme-femme !

Cela le fit sursauter. Mathilde parlait-elle de la pénétration au sens sexuel ?

— Déjà, ça se voit dans le langage, continuait-elle. On parle de « préliminaires » comme si tout ce qui se passait avant la pénétration était de moindre importance, comme si elle seule comptait. C'est un point de vue complètement phallocentrique. Et, bien sûr, c'est ce qu'ils aiment : la femme offerte, passive, pénétrée. Toute la violence faite aux femmes est déjà inscrite dans cet acte fondateur.

Il avait envie de voir les autres se mettre à rire ou à s'indigner, mais non, elles écoutaient Mathilde avec un certain respect. Même Alex.

— Mais, dit-il, sans pénétration, comment ferez-vous des bébés ?

Le regard de Mathilde croisa le sien, et il sentit vraiment l'esprit d'un homme, et même d'un guerrier, en elle.

— Seul le sperme suffit, dit-elle. On n'a pas besoin de l'animal qui va avec.

Cela lui fit un peu peur. Il décida de ne plus trop rien dire. Si elles étaient parvenues à ce degré de folie, on ne pouvait prévoir ce qui pouvait arriver avant la fin du dîner.

Adeline le raccompagnait dans sa voiture à travers les grandes banlieues pas tout à fait kablunaks.

— J'espère que mes amies ne vous ont pas effrayé.

Elles l'avaient effectivement effrayé, mais jamais un Inuk ne peut reconnaître qu'il a eu peur.

— Elles ont de drôles d'idées, dit-il. Surtout Mathilde.

— Oh, je crois qu'elle exagère. Mais vous savez, pour défendre une cause, il faut toujours essayer d'aller trop loin, c'est le seul moyen d'obtenir quelque chose.

— Peut-être, mais elle a l'air de croire vraiment à ce qu'elle dit. Je me demande comment elle a pu arriver à penser ça : « On a besoin du sperme, pas de l'animal qui va avec ! »

— Oh, son histoire personnelle sûrement... Mais vous l'énerveriez si vous disiez ça. Oubliez que je vous l'ai dit, continua-t-elle en souriant.

Il regarda Adeline. C'était étrange, à la télévision, elle avait eu l'air de défendre la position de filles comme Mathilde qui disaient que les femmes pouvaient désormais se passer des hommes. Mais là, dans cette voiture, elle paraissait beaucoup plus douce et compréhensive. Elle lui semblait même assez jolie, même si elle était un peu trop enveloppée à son goût.

— Alors, finalement, qu'est-ce que vous aurez retenu de tout ça, Ulik ?

— Je ne sais pas. Peut-être qu'il y aura de plus en plus de jeunes hommes comme Thomas. Gentils, amis des femmes et tout.

— Et beau, en plus.

Cette réflexion le surprit. Elle aurait pu venir d'une femme inuit, et donc surprenante chez une femme qui prétendait se passer des hommes.

— Mais vous savez, ce n'est pas la majorité, dit-elle. Par ici, il y a pas mal de jeunes mecs qui sont terribles avec les filles.

Il se souvint de ce que lui avait dit le Docteur Hector sur les chèvres supérieures et la manière dont certains traitaient les filles qui refusaient ce rôle.

— Et même dans les beaux quartiers, il y a pas mal de salauds.

Elle dit ça d'un air triste. Il sentit qu'Adeline en avait rencontré, des salauds.

— Enfin, maintenant, on peut s'en passer, continua-t-elle comme pour elle-même. Ils étaient arrêtés à un feu rouge, sur une voie déserte. Le feu passa au vert. Mais Adeline ne démarra pas. Il se tourna vers elle et vit qu'elle pleurait.

— Tout ça, c'est des conneries, sanglotait-elle, de la foutaise...

Il sentit qu'Adeline avait besoin de *naklik*.

— Tu es gentil, disait-elle.

Il se sentait assez fier d'avoir pour une fois pris l'initiative : ayant repéré au bord de la voie rapide l'enseigne lumineuse d'un hôtel de la même chaîne que celui dans lequel l'avait entraîné Florence, il avait proposé à Adeline de s'y arrêter. Elle avait eu l'air un peu surprise, mais avait docilement obéi. Puis il s'était occupé d'obtenir une chambre et avait emmené Adeline par la main dans ce grand lit.

— Tu es adorable, dit-elle, en déposant un petit baiser sur sa poitrine.

Il ne savait pas s'il était adorable, mais elle, en tout cas, s'était révélée très tendre et très passionnée. C'était une vraie pitié de penser qu'un tel trésor de tendresse et de passion restait caché aux yeux des hommes qui croisaient Adeline sans imaginer ce qu'elle pouvait leur donner. Chez les Inuits, elle aurait été une femme très recherchée, malgré son léger embonpoint. Une fois de plus, l'idée de millions de femmes comme Adeline rentrant toutes seules chez elles le soir lui parut absolument consternante.

— Adeline, pourquoi dites-vous que vous pouvez vous passer des hommes ? Vous seriez heureuse avec un homme.

— Ah, tu continues le débat. Mais on peut se tutoyer.

C'était difficile pour lui. Depuis qu'il était ici, il n'avait tutoyé immédiatement que Jacinthe, puis beaucoup plus tard Marie-Alix et, d'une certaine manière, tutoyer Adeline lui aurait donné le sentiment de trahir les deux. Il sentit soudain un petit pincement en pensant à sa dernière rencontre avec Jacinthe, lorsqu'il l'avait blessée avec cette remarque sur le nouveau client. Il ne l'avait pas revue depuis.

— À quoi penses-tu ?

Voilà le genre de questions que ne se serait pas permis une femme inuit. Quand un homme ne parle pas, on le laisse tranquille.

— Je me demandais pourquoi tu es restée seule.

Elle s'assit sur le lit. Il s'habituait à ses formes généreuses, doucement nimbées par la lumière de la seule lampe de chevet qu'elle avait voulu laisser allumée. On avait l'impression qu'elle ferait de beaux bébés, si elle en avait jamais.

— Tu ne te rends pas compte, dit-elle...

— De quoi ?

— J'ai du mal à le dire.

Elle avait l'air triste, tout à coup. Il lui posa une main sur la cuisse.

— Tu peux tout dire, je ne suis qu'un pauvre Inuk loin de son pays et qui ne répétera rien à personne.

Elle sourit.

— Bon, eh bien, voilà... Tu ne peux pas savoir ce que c'est... de n'être pas très jolie, et en même temps assez intelligente.

— Mais tu es jolie...

— Non, tu es gentil. Je peux avoir un certain charme, surtout quand je me sens amoureuse comme maintenant, mais je ne suis pas jolie. En plus, je suis trop grosse, et ici, c'est le meilleur moyen de ne plus être désirable.

— Tu veux dire que les hommes ne s'intéressent pas à toi ?

— Pas ceux que j'aimerais en tout cas. De temps en temps il y a des nuls qui veulent juste me sauter, et qui essayent avec moi en se disant que je dois être facile, vu que je ne dois pas être très demandée. Au début, j'y allais quand même, en me disant que ça pourrait déboucher sur quelque chose, mais non, c'était juste déprimant. Ou alors, les rares hommes qui s'intéressaient vraiment à moi, j'avais toujours l'impression que j'étais la dernière chance pour eux, parce que je me disais qu'ils n'auraient pas eu beaucoup de chances avec des filles plus jolies.

Adeline racontait son histoire avec l'air d'en rire, mais il sentait la souffrance accumulée en elle. Il se demanda s'il pouvait aller chercher le champagne et le whisky dans le mini-bar sans avoir l'air de ne pas faire attention à elle. Mieux valait attendre un peu.

— Le problème, ici, c'est que les mecs croisent toute la journée des dizaines de jolies filles. En plus, on en voit sans arrêt à la télé, dans la pub, dans les magazines, tout est fait pour qu'ils ne pensent qu'à ça. Alors je crois que le physique est devenu encore plus important qu'avant. Il y a une compétition permanente et les garçons qui pourraient m'intéresser courent après des filles plus jolies. Autant rester seule, après tout, plutôt que de se faire grimper dessus par des tarés...

Elle le regarda.

— C'est pour ça que je te trouve adorable.

Elle disait ça avec une simplicité touchante.

— Chez les Inuits, dit-il, tu serais très recherchée.

Elle rit.

— Alors, je vais aller m'établir là-bas ? Mais non, je suis frileuse...

Puis elle se mit à réfléchir.

— En fait, on dit qu'on est une société féministe, mais on a simplement créé un paradis pour les mecs dragueurs. Jamais dans toute l'histoire de l'humanité ils n'ont pu se taper si facilement autant de nanas...

Il fallait reconnaître qu'elle n'avait pas tort. Depuis son arrivée ici, il avait connu plus de femmes que pendant toute sa vie dans son village. Et encore, il était retenu par le souci de ne pas attrister Marie-Alix, de ne pas tromper Jacinthe, de ne pas trahir Navaranava, et aussi par son manque d'expérience : il n'avait pas encore toute l'habileté du chasseur habitué depuis longtemps à un certain gibier.

— ... et jamais non plus on n'a mis une telle pression sur les femmes à propos de leur physique. Elles doivent sans arrêt exhiber leur corps pour montrer qu'elles sont désirables. Maintenant, beaucoup d'ados s'habillent comme des putes. Elles se font même faire des tatouages, comme les actrices de porno. Notre société est en train de devenir un grand film porno soft.

Il savait de quoi il s'agissait, il en avait déjà aperçu à la télévision : c'était l'amour sans voir cette pénétration que n'aimait pas Mathilde.

Adeline le regardait avec l'air d'avoir une pensée qui la préoccupait, mais sans oser la lui dire. Il décida que c'était le moment de se diriger vers le mini-bar.

— Tu veux du champagne ? demanda-t-il en rapportant les deux demi-bouteilles.

— Oh, oui, c'est une bonne idée.

Ils trinquèrent sur le lit. Elle le regarda encore, puis elle dit :

— Je voudrais te demander quelque chose d'important.

— Quoi donc ?

Elle hésita encore, puis d'une petite voix :

— J'aimerais que tu me fasses un bébé.

Elle était tout près de lui, assise dans sa rondeur attendrissante, n'osant plus le regarder en attendant sa réponse.

— Tu comprends, continua-t-elle, je sais bien que tu vas repartir. Je ne viendrai jamais t'embêter avec ça. Mais tu es ma chance. Je ne trouverai jamais un homme aussi beau et intéressant que toi pour venir dans mon lit. Tu es ma seule chance d'avoir un magnifique, costaud, et peut-être gentil bébé... et je suis dans la bonne période.

Et elle se tut, la tête un peu inclinée, les paupières baissées, dans la douce attitude d'une femme inuit qui vient de faire une demande à son homme.

C'est ainsi qu'Ulik devint père en pays kablunak.

Le Docteur Hector n'était pas à son cabinet et Ulik l'appela sur son numéro de mobile. Il eut l'impression de le réveiller, et pourtant il était trois heures de l'après-midi.

— Ah, Ulik, comment allez-vous ?

Il avait l'air joyeux et un peu endormi à la fois. Ulik lui expliqua qu'il avait besoin de le voir. Le Docteur Hector lui dit que ça tombait bien : il se trouvait à l'hôtel, celui d'Ulik justement.

Quand le Docteur Hector vint lui ouvrir, il était vêtu d'un peignoir, les cheveux encore mouillés et décoiffés. Ulik sentit tout de suite un parfum dans la chambre : celui de Géraldine.

— C'est plus pratique qu'à mon cabinet, dit le Docteur Hector, sans qu'Ulik lui ait posé aucune question. Excusez-moi, je m'étais endormi.

Il passa dans la salle de bains et revint habillé d'une chemise et d'un pantalon, les pieds nus dans les pantoufles en tissu éponge fournies par l'hôtel.

— Bon, on ne va pas se laisser mourir de soif, dit-il.

Il appela le room service et commanda une bouteille de sancerre et deux douzaines d'huîtres.

Ils commencèrent à discuter tout en dégustant les huîtres, un autre grand regret qu'Ulik se préparait à éprouver de retour au pays.

— Eh bien, dites donc, vous en avez vraiment rencontré de vraies de vraies, dit le Docteur Hector quand Ulik lui eut raconté son dîner. Remarquez, elles ne sont qu'une des formes extrêmes de ce que nous avons tous les jours à la maison.

— Mais la plupart des femmes ne refusent pas la pénétration, quand même ?

— Non, mais souvent, elles ne sont pas d'humeur à ça. Ou bien on ne les a pas assez cajolées, ou bien on ne les a pas assez impressionnées, ou alors elles sont fatiguées – remarquez, on les comprend, les pauvres – ou alors elles ne sont pas contentes de leur corps, ou alors elles ont des soucis de bureau et elles préféreraient qu'on en parle avec elles plutôt que de faire badaboumboumboum.

Le Docteur Hector avait changé ces derniers temps. Il avait l'air beaucoup plus sûr de ce qu'il disait et, en même temps, on aurait dit qu'il avait envie de se moquer de tout.

— Le problème, c'est que faire l'amour nous fait oublier nos soucis, alors qu'elles, les soucis les empêchent de s'oublier dans l'amour. Tiens, elle est bonne celle-là je devrais la noter !

— Mais les femmes inuits ont leurs soucis, elles ne sont pas toujours d'humeur non plus.

— J'imagine. Mais ici, avec le genre de journées qu'elles ont, ça les rend de moins en moins disponibles. Le travail n'est pas si bon que ça pour l'amour. Résultat...

Il s'interrompit en regardant la chambre autour de lui. Il semblait considérer sa situation présente comme le résultat dont il voulait parler.

— Vous voulez dire qu'il faudrait que les femmes kablunaks arrêtent de travailler ?

— Ah, non, surtout pas. Une femme qui reste à la maison, ce n'est pas très érotique non plus. Et puis c'est grâce à l'éducation et au travail des femmes que notre société s'est développée si vite.

Mais alors, que voulait exactement le Docteur Hector ? Voici qu'il reprenait sa méditation sur les femmes.

— Finalement, c'est dans les débuts qu'elles ont le plus envie de faire l'amour, quand elles ont encore peur que vous ne restiez pas, ou plus tard si elles ont à nouveau peur que vous les quittiez. Mais on ne peut se maintenir tout le temps dans la posture d'un homme sur le départ, il y a bien un moment où on leur dit qu'on les aime, qu'on va rester – c'est ce qu'elles veulent d'ailleurs. Et là, bizarrement, leur libido baisse. Bon, à part quelques-unes qui l'ont toujours au plafond, mais ce n'est pas si rassurant non plus.

Ulik se demanda si les hommes kablunaks n'étaient pas devenus aussi compliqués que les femmes.

— Remarquez, dit le Docteur Hector, les hommes ne sont pas merveilleux non plus. Une femme ne peut plus compter sur eux, beaucoup moins qu'avant en tout cas... On a interdit la polygamie, mais nous les hommes avons trouvé la parade : la polygamie en série!... Tiens, celle-là, il faut que je la note aussi!

Ulik lui raconta la suite de la soirée avec Adeline, et son humble demande. Les yeux du Docteur Hector se mouillèrent en entendant cette histoire.

— Ah, mon Dieu, pauvre Adeline, dit-il. Il y en a des millions comme elle. Pas assez sexy pour intéresser beaucoup les hommes, mais assez intelligente pour être difficile. C'est terrible...

Il se reversa un verre de sancerre.

— Bon sang, il y a un siècle, elle se serait déniché un mari au village, et lui il l'aurait trouvée belle parce qu'il n'aurait pas été conditionné depuis l'enfance par des milliers d'images de filles minces et ravissantes.

— C'est toujours comme ça que ça se passe chez nous.

— Eh oui! Mon cher Ulik, je verre mon lève, pardon je lève mon verre au bonheur des Inuits, à leur système qui ne rend pas fou et à votre futur enfant sur ce territoire national. Tiens d'ailleurs, je veux bien être le parrain de ce petit. Allez, ça s'arrose!

Ils burent.

— Remarquez, dit le Docteur Hector, Adeline voit peut-être un peu les choses en noir en croyant qu'elle se trouve seule parce qu'elle n'est pas assez jolie. Je vois aussi pas mal de filles très jolies qui restent seules. Mais celles-là, c'est différent : elles se sont fait beaucoup draguer déjà très jeunes et, pour certaines, avant de savoir choisir; du coup elles ont souvent eu des liaisons avec des salauds – ils sont moins timides que les autres devant la beauté – alors à la fin elles sont un peu déréglées... elles finissent par rester seules pour se protéger de l'amour, par peur de souffrir encore. Et comme elles ont connu de grandes passions, les hommes gentils les ennuient...

Ulik se souvint de ce que Jacinthe disait sur l'attrait des femmes pour la force, même chez les salauds.

— En ce moment, je vois arriver une nouvelle espèce, dit le Docteur Hector. Des filles dans la trentaine, qui se sont mariées jeunes, qui ont fait deux ou trois enfants, le schéma traditionnel, quoi.

— Ne sont-elles pas heureuses ?

— Non, parce qu'elles respirent l'air du temps, et brusquement – en général ça les prend d'un coup – elles se disent qu'elles n'ont pas eu de vraie jeunesse, qu'elles n'ont pas assez connu l'amour. Alors elles quittent leur mari pour vivre vraiment, et là, en général, elles ne font que des bêtises. Elles tombent amoureuses de mecs qui voulaient juste les sauter... Et elles arrivent ici parce qu'elles se sont fait mal...

Les variétés de femmes seules en pays kablunak semblaient donc aussi nombreuses que les espèces d'oiseaux autour de son village...

— Le problème, dit soudain le Docteur Hector, c'est que je crois que c'est la dernière fois que je viens ici.

— Vous ne vous entendez plus avec Géraldine ?

— Non, au contraire.

Le Docteur Hector expliqua qu'à chaque rencontre, Géraldine lui avait révélé un peu plus de son passé. Et maintenant qu'il connaissait mieux ce passé, il lui paraissait difficile de rester son client. Apparemment, l'histoire de Géraldine n'était pas gaie, encore moins que celle de Jacinthe.

— Je sais que j'attire les confidences, dit le Docteur Hector en soupirant. Mais, du coup, je ne peux plus la voir comme une joyeuse courtisane juste venue pour mon plaisir. Ce que je sais de son histoire n'est pas si bon pour me mettre en forme. D'un autre côté, je ne voudrais pas la vexer... Si ça continue, c'est elle qui va devenir ma cliente...

— Vous pourriez lui apporter du *naklik.*

— Pas seulement, une vraie thérapie... Vous me direz que je pourrais l'adresser à un confrère – elle ne veut pas consulter de femmes – mais je me dis que moi, au moins, je ne serais pas perturbé pendant les séances par l'idée de la voir nue, ça sera déjà fait...

À cet instant, quelque chose vibra. C'était le téléphone mobile du Docteur Hector sur la table basse. Il s'en saisit, regarda le numéro qui appelait, et se figea. Il laissa vibrer, puis sonner, sans faire d'autre mouvement. Le téléphone redevint silencieux.

— Bon, dit-il. Bon.

Puis, il écouta le message. Un mélange de joie et d'inquiétude apparut sur son visage, comme lorsque le chasseur arrive en vue de la proie qu'il pourchassait et qu'il va falloir l'affronter.

— Bon, dit-il à nouveau. C'est elle...

À son air, Ulik comprit qu'il s'agissait de la femme avec qui il parlait l'autre jour au téléphone.

— ... elle veut me parler. Elle dit qu'elle veut savoir ce que je deviens...

Il regarda Ulik.

— À votre avis, il vaut mieux que je la rappelle tout de suite ou que j'attende ?

— Quand un homme s'absente plus longtemps que prévu pour la chasse, sa femme est plus amoureuse quand il revient.

Comme à regret, le Docteur Hector reposa le téléphone sur la table basse.

— Vous avez raison. Je vais attendre demain... ou peut-être ce soir. Mais ce soir, c'est un peu tôt, non ?

La question le tracassait au point qu'il arrêta de s'intéresser à ses huîtres et Ulik dut terminer sa douzaine.

Il appela Jacinthe mais n'entendit que la voix anonyme de sa messagerie. Il raccrocha. Même après tout ce temps passé ici, il n'arrivait toujours pas à répondre à une voix qui n'était pas vivante.

Il lui fit envoyer un immense bouquet par le Ritz, (après son départ, quand Florence dut approuver le règlement de la note de l'hôtel, la facture du fleuriste la plongea dans les tourments de la jalousie et du doute) et joignit en guise de carte de visite un petit phoque en basalte. Elle téléphona.

— Je suis désolé pour l'autre fois, dit-il quand elle arriva dans la chambre.

— On ne va pas en parler.

Et elle l'embrassa.

Après, comme toujours, c'était le meilleur moment pour parler.

— Tu vas partir bientôt?

— Pourquoi poses-tu la question?

— Parce que je suis une fille astucieuse qui sent les choses.

— Oui, bon, je vais partir. Il faut que je revienne dans ma tribu.

Elle se retourna sur le côté, lui tournant le dos.

— Jacinthe ?

— Excuse-moi, c'est idiot, c'est un réflexe.

Elle pleurait.

Mais elle se retourna aussitôt vers lui en essuyant ses larmes.

— C'est un des trucs qui me fait regretter d'être une nana : avoir la larme trop facile...

Il la tint serrée dans ses bras, jusqu'à ce qu'elle ne pleure plus.

Plus tard, elle lui dit :

— Ce qui m'emmerde un peu, c'est que pour moi tu es le mec idéal.

— Idéal ?

— Ben oui. Tu es là quand j'ai besoin de toi, mais je mène ma vie comme je veux le reste du temps. Tu me fais rire, on s'entend bien au lit, qu'est-ce que je peux rêver de plus ? Qu'est-ce qu'une femme peut rêver de plus ?

— Un mari, des enfants ?

— Oh non ! Je suis bien placée pour savoir que le mariage n'est pas quelque chose de si merveilleux. D'ailleurs, mon boulot, c'est finalement d'en sauver, des mariages.

— En sauver ?

— Pour mes habitués, je suis beaucoup moins risquée qu'une maîtresse. Certains me disent que depuis qu'ils me connaissent, ils sont plus gentils avec leur femme...

Pour échapper à la monotonie, les Inuits avaient inventé l'échange temporaire de femmes, les Kablunaks eux, avaient recours à la bigamie secrète.

— En fait, tu pourrais rendre heureux pas mal de femmes, dit Jacinthe. Je suis sûr que tu aurais un sacré succès dans le métier.

— Le métier ?

— Mon métier, enfin, le même, mais pour les femmes.

Il ne comprenait pas. Elle alla chercher sur la table un grand quotidien international qui était distribué dans l'hôtel, et lui montra la page des petites annonces. « Escort » boys y lisait-on. On indiquait les numéros à appeler pour se faire accompagner par un homme charmant pour une sortie ou une soirée.

— C'est joliment formulé, mais en fait c'est pour se faire sauter. C'est un marché en pleine expansion, tu sais.

Il n'en revenait pas.

— Mais elles payent les hommes ?

— Bien sûr. En plus, à ce niveau, ce sont des femmes qui ont les moyens.

— Mais que disent leurs maris ?

— En général, elles n'en ont pas ou elles n'en ont plus. Des femmes autour de la quarantaine ou plus, divorcées ou célibataires. Elles ont des besoins comme tout le monde : se sentir désirées, excitées, avoir des orgasmes, et même pour certaines, le découvrir, parce qu'elles n'ont pas été forcément gâtées, côté mecs. Et puis se sentir tenue dans les bras d'un homme... Mes copains me disent qu'en général il faut rester discuter un peu avec elles après, autrement elles ne sont pas satisfaites.

Ulik pensa à Florence. Il l'imaginait faisant appel à ce genre de services : un homme qui pouvait se glisser facilement dans son emploi du temps et assouvir ses besoins cachés. Il comprit pourquoi la société kablunak était si forte : elle fabriquait des choses terribles, comme la solitude des femmes, et en même temps elle inventait les remèdes comme le Docteur Hector ou les escort boys.

— Mais tu connais des hommes qui font ce métier ?

— Bien sûr, nous sommes comme qui dirait collègues, mais jamais concurrents. Remarque, ils me racontent qu'une des difficultés en ce moment, c'est que leur clientèle vieillit : avec les traitements hormonaux de la ménopause, la DHEA, il y a de plus en plus de sexagénaires esseulées et encore très ardentes qui se mettent à les appeler. Elles sont beaucoup plus en forme qu'avant, mais quand même...

Sexagénaires ? Il se demandait s'il avait bien compris : cela voulait dire plus de soixante ans ?

— ... heureusement, c'est comme pour moi : à un certain niveau, on peut sélectionner ses clients ou ses clientes. Je suis sûre que tu ferais fureur. Et voilà, tu gagnerais bien ta vie en pays kablunak ! On pourrait même s'installer ensemble, avec nos deux revenus ! conclut-elle en riant.

Il eut un instant de vertige. Coucher avec autant de femmes qu'il voulait, et en plus être payé pour cela ! Si elle disait vrai, il aurait vite les moyens de faire venir ici Navaranava et de l'installer dans un appartement, tout en continuant à voir Jacinthe sans qu'elle s'en doute ! Ici, il l'avait compris, il était facile d'avoir deux femmes en même temps en évitant qu'elles se rencontrent, chose impossible dans son village. D'un autre côté, pratiquer un tel métier lui semblait incompatible avec la dignité d'un fier Inuk : une femme qui vous paye, c'est une femme qui d'une certaine manière vous domine. Mais peut-être pourrait-il l'oublier... Jacinthe l'interrompit dans ses pensées.

— Non, Inuk Unique, ne pense surtout pas à ça ! C'était une idée en l'air ! Ce n'est pas une proposition déguisée. Je ne veux pas que tu restes, ni qu'on vive ensemble.

Du coup, il se sentit un peu vexé.

— Mais pourquoi ?

— Je me connais. En fait, je sais que c'est une illusion. Ça ne pourrait pas durer comme ça, je finirais par te quitter, ou c'est toi qui ne supporterais plus. Et puis ta vie, elle est là-bas.

Il fallait qu'il s'en remette à elle. Elle n'avait que deux ans de plus que lui mais en savait tellement plus sur l'amour entre les hommes et les femmes...

— Ce que nous avons vécu était merveilleux, et justement il faut le prendre comme un cadeau. Mais si tu repasses un jour dans le coin, ça me fera plaisir que tu m'appelles. Entendu, mon Inuk Unique ?

— Entendu.

Et puis ils restèrent un moment serrés dans les bras l'un de l'autre, car il est toujours difficile de se séparer d'un cadeau.

Par le hublot, il apercevait de grandes falaises de nuages, comme si l'avion se déplaçait entre d'immenses glaciers dorés par le soleil couchant.

Il leva sa coupe vide au passage de l'hôtesse et elle revint aussitôt en souriant lui servir du champagne. Tout à l'heure, à la manière dont elle chuchotait avec ses collègues en lui jetant de brefs coups d'œil, il avait compris qu'elle l'avait reconnu. La campagne d'Ulik et d'Ulla s'était répandue de l'autre côté de l'Atlantique. Mais voir ces jolies jeunes femmes en uniforme chuchoter à son propos ne lui faisait aucun plaisir. Même le champagne n'arrivait pas à le rendre gai.

Le matin, à l'appartement, il avait pris son dernier petit déjeuner en famille. Tout le monde était silencieux. Thomas se concentrait sur des pages d'un site d'astronomie qu'il venait d'imprimer. Juliette lui adressait de petits sourires tristes en lui passant le pain grillé et Marie-Alix faisait semblant de s'affairer comme d'habitude.

Plus tard, à l'aéroport, il y avait eu ce dernier moment où il les avait embrassés et où Marie-Alix l'avait furtivement serré contre lui – fugace seconde où son visage fut aussi proche du sien que lorsqu'ils étaient au lit.

Puis, une dernière vision d'elle, à travers les vitres des comptoirs de douane, et la marche solitaire vers le salon des premières avec ses coupes de champagne, ultime avantage gagné par Ulik et Ulla.

Quand il avait parlé au Docteur Hector de sa tristesse, celui-ci lui avait fait remarquer qu'il vivait sans doute la deuxième grande séparation de sa vie. Et Ulik l'orphelin avait aussitôt senti ce qu'une partie de lui, enfouie depuis son enfance, lui faisait revivre. Sans compter la lettre de la sœur du capitaine Tremblay. Le Docteur Hector n'apportait pas que du *naklik*, il vous permettait de reconnaître ce que vous ressentiez et que vous n'arriviez pas à nommer.

Mais au fur et à mesure que le vol se prolongeait, d'autres émotions surgissaient, d'abord par instant, puis par plus longues périodes, comme les premières risées avant la tempête. C'était déchirant et joyeux à la fois. Navaranava.

Navaranava.

Il allait la retrouver.

En arrivant au-dessus de la baie d'Iloolik, il eut l'impression de ne plus rien reconnaître. La base s'étendait sur des kilomètres, avec ses hangars orange, ses pylônes, son port artificiel, effaçant tout un paysage qu'il connaissait par cœur. Il n'arrivait même plus à retrouver l'emplacement de son ancien village, ni à reconnaître la plage où les morses se rassemblaient au printemps.

— Votre village, dit le pilote en lui désignant une colline qui semblait préservée, un peu à l'écart.

Il aperçut un groupe d'habitations préfabriquées. Était-il possible que les Inuits aient abandonné leurs igloos de pierre ?

L'avion – un petit monomoteur avec des patins en guise de train d'atterrissage –, se posa sur un champ de neige tout près des habitations.

Il sauta à terre. C'était le début de l'été, le froid était beaucoup moins vif qu'à son départ, mais la neige craquait encore sous ses pieds.

Il regarda les préfabriqués. Ils étaient identiques à ceux qui avaient servi aux premiers Kablunaks venus explorer leur territoire. Il distinguait la fumée qui sortait de leurs cheminées. Il aperçut aussi des antennes paraboliques. Était-il possible que les Inuits reçoivent la télévision ?

Personne n'était sorti pour l'accueillir. Il ramassa son sac et s'avança.

Soudain, il remarqua un homme, assis sur un tas de neige, qui semblait profiter du soleil de midi, le dos appuyé contre le mur d'un préfabriqué. Il restait immobile, lui adressant juste un petit signe amical de la main.

Ulik s'approcha. C'était le chef.

Quand il arriva près de lui, le chef continuait de lui sourire, sans se lever pour l'accueillir ni lui dire un mot.

— Où sont les autres ? demanda Ulik.

Le chef eut un geste vague de la main, qui manqua de lui faire perdre l'équilibre.

— ... télé... vision, dit-il.

À cet instant, Ulik aperçut, enfoncée dans la neige, une bouteille de whisky presque vide.

— ... fini !, dit le chef en écartant les bras.

Et il se mit à rire, tandis que des larmes coulaient sur ses joues ridées.

On lui avait dit que Navaranava travaillait là.

Il parcourait les allées de la base, évitant d'énormes camions ou d'autres machines encore plus colossales qui le frôlaient avec un bruit de tonnerre. Il devait faire attention, car la base était si grande que personne ne s'y déplaçait à pied et les conducteurs n'avaient pas l'habitude de faire attention au piéton qu'il était.

Il s'arrêta devant un long bâtiment sans fenêtre, muni d'une enseigne lumineuse qui venait de s'allumer dans la nuit tombante. « Polar bar », lut-il. Il entra. La salle enfumée était pleine de gros Kablunaks avachis autour de verres de bière. Beaucoup portaient la barbe, et certains avaient gardé leurs casquettes brodées au logo de la Compagnie. La musique était assourdissante et il se dirigea vers le bar en s'efforçant de se boucher mentalement les oreilles.

— Qu'est-ce que ça sera ? dit le barman.

— Vous savez faire un Sea Breeze ?

— Ah oui, et même, ça me fera plaisir.

Soudain, une porte s'ouvrit derrière le comptoir, et Kuristivoq apparut. Il était habillé comme un Kablunak, mais avec une grosse chaîne en or autour du cou et une montre qui semblait faite du même métal.

— Ulik ! s'exclama-t-il.

Il essayait de sourire, mais il était clair qu'il n'était pas ravi de le voir.

— La place d'un grand chasseur est-elle derrière un bar kablunak ? demanda Ulik.

— Oh, dit Kuristivoq, les temps ont changé.

Bizarrement, Ulik sentit de la peur dans son regard. Pourquoi Kuristivoq aurait-il eu peur de lui ?

Il se retourna vers la salle. En entrant, il ne s'était pas aperçu qu'au fond il y avait une scène, éclairée par des lumières multicolores. Une fille nue dansait au son de la musique.

Une fille...

Navaranava.

Uniquement vêtue d'une paire de bottes en fourrure, Navaranava ondoyait sur place, se rattrapant de temps en temps à une barre plantée au centre de la piste pour tourner à un rythme plus rapide.

Soudain, son regard croisa celui d'Ulik. Elle s'immobilisa. La musique continuait avec fureur, mais Navaranava restait immobile, les yeux fixés sur lui, une main levée encore posée sur la barre, telle une statue d'elle-même dont le sculpteur aurait saisi le plus gracieux mouvement.

Elle tenta de lui sourire, puis ses yeux se remplirent de larmes.

— Eh, dit le barman, faut pas que vous arrêtiez le spectacle.

— Alors, l'Esquimaude, on se remue ! dit un gros Kablunak barbu près de la scène.

— Il lui faut du carburant ! dit un autre.

Quelques papiers roulés en boule roulèrent sur la piste. Des billets.

— Ulik, non ! cria Kuristivoq.

Dans un demi-sommeil, il entendit un « plouf » quelque part en contrebas. Il l'imagina, nageant nue dans la pénombre, sa pâle silhouette au milieu de l'eau verte, au moment où l'aube commençait à éclairer les sommets, le dernier moment de fraîcheur de la journée. Un peu plus tard, il irait la rejoindre. Ici, elle passait la moitié de son temps dans la mer, comme si l'esprit d'une sirène avait toujours été en elle, mais n'avait jamais pu s'épanouir dans les eaux glaciales du détroit de Lancaster.

Il entendit le bruit d'un petit moteur de bateau, puis la voix de Kien qui partait à la pêche et la saluait.

Les pêcheurs les avaient vite acceptés, comme il l'avait prévu.

Quand il l'avait entraînée hors de ce qui restait du Polar bar, il l'avait vite amenée jusqu'au petit avion à patins par lequel il était venu et qui repartait se poser à Pond Ilet, huit cents kilomètres plus au Sud.

Plus tard, en plein vol, tandis qu'elle dormait serrée contre lui comme un enfant, il s'était rendu compte qu'il ne savait plus où aller. Il ne pouvait plus vivre en pays inuk, il l'avait compris avant même l'heure de son retour. Dans la ville de Marie-Alix, il avait découvert tant de choses merveilleuses et dangereuses que la vie inuk lui paraissait désormais comme un long ennui dans une cave glacée. En plus, pendant son absence, ce qui restait de cette vie traditionnelle avait été détruit par les Kablunaks : ils n'avaient pas l'intention de nuire, mais leur société était comme un gros ours idiot qui entre dans votre maison et qui, en voulant vous faire un signe amical, vous défigure d'un coup de griffe.

Mais il ne voulait pas retourner non plus en pays kablunak. Il aimait Navaranava, et là-bas, il savait qu'elle souffrirait. Il plaisait aux femmes, il l'avait compris maintenant, et il lui serait impossible de rester fidèle – ou même raisonnablement infidèle – dans une ville qui comptait tant de femmes seules, sans oublier toutes celles qui étaient mariées mais qui rêvaient toujours à l'amour et ne supportaient plus les frustrations du mariage. Il savait qu'il n'arriverait pas à se protéger de leurs appétits et du sien et ne voulait pas de ce tourment pour celle qui dormait maintenant contre lui.

Et puis, au moment où il apercevait par le hublot de grands icebergs qui venaient de se détacher de la banquise, il s'était souvenu de ces montagnes au milieu de la mer et de ce nom étrange et magique qu'avait prononcé Florence le jour de la grande réunion.

Baie d'Along.

Arrivé à Pond Ilet, il avait laissé Navaranava dormir et avait tout organisé à coups d'e-mails et de conversations téléphoniques avec Florence et Marie-Alix. L'argent n'était pas un problème : la campagne de publicité d'Ulla et Ulik avait rempli un compte établi à son nom à un niveau qui lui paraissait incompréhensible, un peu comme les distances entre les étoiles que lui énumérait Thomas. Et la reprise d'une nouvelle campagne au niveau mondial, ainsi que les produits dérivés, provoquaient de nouvelles arrivées d'argent, comme les pluies de comètes qu'il observait enfant avec son père et qui devaient annoncer de belles chasses. Il avait décidé de toujours donner la moitié de ses gains à la tribu, mais, même ainsi, les sommes restaient considérables. Les amendes pour coups et blessures et la destruction du Polar bar avaient à peine écorné ce pactole.

Une autre circonstance avait levé toutes les difficultés : la baie d'Along étant déclarée Patrimoine mondial de l'humanité, il était après tout fort naturel qu'un représentant d'un autre Patrimoine mondial de l'humanité y trouve refuge. Marie-Alix avait mis en marche la grande machine de l'Unesco à coups de dizaines d'heures de réunions de comités et sous-comités.

Il recevait des nouvelles d'elle une fois par semaine quand il se rendait en bateau dans un port de la côte où il consultait ses e-mails dans un hôtel pour touristes.

Chose incroyable, à peine avait-il quitté Marie-Alix qu'elle était partie pour une longue mission dans son village à lui, en pays inuk. Elle s'était occupée d'obtenir l'interdiction totale de l'alcool sur la base pétrolière et donc pour les Inuits. Presque rien n'apparaissait de leur passion commune dans ses messages revenus au voussoiement et qui se terminaient par *Bien à vous.* Dans l'un d'eux, elle précisait que Charles était revenu vivre à la maison, « *ce qui est excellent pour les enfants.* » Après sa mission, elle lui écrivit dans un autre message : « *Je suis maintenant heureuse, même si les souvenirs demeurent. Mais on ne peut éprouver tous les bonheurs en même temps.* »

Il lui répondit : « *On ne peut les éprouver tous en même temps, mais ils ne s'effacent jamais.* » Et il le pensait.

Marie-Alix repartit pour une autre longue mission, puis encore une autre. Elle était devenue comme le chasseur inuk qui part en expédition loin de son foyer, tandis que son épouse reste à s'occuper des enfants. Mais l'épouse, dans son cas, c'était Charles qui était revenu vivre à la maison et qui faisait faire ses exercices à Thomas.

Il ne reçut jamais de nouvelles de Jacinthe ni d'Adeline. Parfois, il imaginait qu'une petite Eurasienne aux yeux bleus commencerait un jour à marcher quelque part dans cette grande ville qu'il connaissait.

En pensant à la vie qui l'attendrait en pays kablunak il refoulait vite cette pensée en espérant que cet enfant serait un garçon, mais il n'y croyait pas. Il savait qu'il le rencontrerait un jour, même s'il ne savait comment cela arriverait.

Un jour, il reçut un message du dresseur d'Ulla qui lui annonçait qu'il l'avait présentée à un ours polaire d'un cirque de l'ancien empire dont le capitaine Tremblay avait surveillé les sous-marins. Il contempla longuement la photographie jointe au courrier. On y voyait Ulla qui regardait l'objectif tandis que deux oursons s'amusaient à lui mordiller les pattes.

Il échangeait aussi des courriers avec le Docteur Hector. Il avait retrouvé son amie, puis était parti seul pour un grand voyage, pour revenir vivre avec elle. Et maintenant, ils attendaient un bébé : « C'est une fille. J'espère que lorsqu'elle sera grande, les règles de l'amour se seront un peu stabilisées... De toute façon, personne ici ne voudrait revenir en arrière, et le voudrait-on qu'on on ne le pourrait plus... »

Dans un autre message, il écrivit :

*« Finalement, les relations entre les hommes et les femmes ont plus changé au cours des deux cents dernières années que pendant les cent mille années qui ont précédé ; il n'est donc pas étonnant que nous soyons encore un peu perdus. »*

Le Docteur Hector continuait de réfléchir :

*« Une question me tracasse ces temps-ci : peut-on faire durer un couple, une famille, et même une civilisation sans que chacun accepte – et le mot n'est plus à la mode ici mon cher Ulik – des sacrifices... »*

Le climat de cette région était très différent de celui de son pays, mais les règles de vie l'étaient beaucoup moins. Tout le monde se connaissait parmi quelques familles de pêcheurs réparties sur une dizaine d'îles d'un archipel qui en comptait des centaines. Les femmes et les hommes se mariaient jeunes, les enfants jouaient dehors la plupart du temps, les différentes générations demeuraient ensemble.

Ils avaient été acceptés très vite.

Il venait de s'acheter un bateau, car même s'il avait les moyens de vivre indéfiniment ici, il ressentait le besoin de mener la vie d'un homme qui rapporte tous les soirs la nourriture au foyer. Il avait pris soin de choisir un bateau semblable à ceux des autres pêcheurs, et non pas un plus grand qu'il aurait eu les moyens d'acheter. La vie inuk lui avait appris que l'envie est un terrible poison dont il faut veiller à ne pas tourmenter ses frères humains.

Le soir, avec les hommes, ils échangeaient des histoires de pêche, de chasse, des légendes de leurs pays respectifs, et certains vieillards lui racontaient même les guerres qu'ils avaient menées contre les Kablunaks, il y a bien longtemps, et que, chose incroyable, ils avaient gagnées. Parfois, en les écoutant le soir autour de la lampe, il avait l'impression de se retrouver face à de vieux Inuits. Cela l'étonnait jusqu'à ce que Marie-Alix lui apprenne dans un de ses courriers que ces pêcheurs étaient comme de lointains cousins, dont les ancêtres étaient restés au sud tandis que les siens remontaient plus à l'est et plus au nord, jusqu'à la limite où le froid ne permet plus la vie. Finalement, ils étaient tous les descendants d'un habitant du Mogol.

Il l'entendit sortir de l'eau. Puis le bruit de ses pas.

— Ulik ?

— Viens.

Et elle revint s'allonger contre lui, encore mouillée et salée, telle une grande sirène qu'il aurait ramenée à sa mer d'origine.

# Remerciements

L'écriture d'un roman n'est [illegible] [illegible] solitaire, mais qui pour moi se nourrit de rencontres. D'abord celle de mes éditeurs, Bernard [illegible], [illegible] Massot et Philippe Robinet. Leurs encouragements, cette attention [illegible] de l'auteur m'ont ensuite aidé à faire [illegible] à [illegible] certains obstacles, et je voulais leur exprimer ici ma reconnaissance.

L'[illegible] de ce livre a été écrit au cours d'un printemps à Nancy, une ville qui reste dans mon cœur. Grâce à un ami de [illegible], [illegible] sur une épidémie qui [illegible] le monde, j'ai trouvé à l'hôtel [illegible] une véritable famille [illegible] en compagnie [illegible] l'[illegible] de [illegible] Nicolas, [illegible], Jean-[illegible] et son [illegible] [illegible] de [illegible], mes [illegible] [illegible] Nicolas et son [illegible] [illegible] parmi eux [illegible] la ville qu'ils aiment. Sans le savoir, ils ont [illegible] nécessaire à l'écriture d'un roman. [illegible] pour [illegible], [illegible] de Madame [illegible] de [illegible]. Le [illegible] [illegible] leur [illegible] et leur [illegible] [illegible], sont [illegible] à l'équipe de [illegible] du [illegible] [illegible] pour [illegible] tous les [illegible] [illegible] et [illegible] le monde, [illegible] Mademoiselle [illegible] Madame [illegible] dont les sourires et la bonne humeur [illegible] à [illegible] au travail.

# Remerciements

L'écriture d'un roman est un exercice très solitaire, mais qui pour moi se nourrit de rencontres. D'abord celle de mes éditeurs, Bernard Fixot, Florent Massot et Philippe Robinet. Leurs encouragements et le soutien rapproché de Florent m'ont ensuite aidé à faire franchir à Ulik certains obstacles, et je voulais leur exprimer ici ma reconnaissance.

L'essentiel de ce livre s'est écrit au cours d'un printemps à Hanoi, une ville qui reste dans mon cœur. Grâce à un ami de Florent, Christophe Buchard, venu enquêter sur une épidémie qui terrifiait le monde, j'ai trouvé à l'hôtel Métropole une véritable famille d'accueil. Tout en combattant avec d'autres l'épidémie et l'isolement de la ville, Nicolas Audier, Jean-Michel Caldagues et son amie Hong Haï, Franck Lafourcade directeur du Métropole, mes confrères Dominique Blondeau, Yves Nicolaï et son amie Hang m'ont accueilli aussitôt parmi eux et m'ont fait découvrir la ville qu'ils aimaient. Sans le savoir, ils ont contribué à me donner l'optimisme nécessaire à l'écriture d'un roman. Je les salue ici, et espère les retrouver bientôt, ainsi que l'accueil si parfait de Madame Nga et de toute son équipe du restaurant Le Club. Et merci aussi à Minh et ses amis pour leur hospitalité et leur gaieté.

Mes pensées vont aussi à l'équipe de la brasserie Chez Manon, du Hilton Opéra qui, me voyant m'asseoir pour écrire tous les matins à la même table, m'a entouré de ses attentions et approvisionné en excellent café. Sans pouvoir citer tout le monde, j'aimerais remercier Mesdemoiselles, Hue, Lan, Mai, Ngoc, Phuong, Quynh, et bien sûr Madame Chi, dont les sourires et la bonne humeur m'aidaient à rester longtemps au travail.

Quelques amis de toujours ont leur responsabilité dans l'écriture de ce livre : Étienne Aubert, en m'entraînant vers la baie d'Along un matin où j'aurais préféré rester sous le ventilateur, Hans Lamarre et Elisabeth Hamel qui m'ont accueilli dans les splendeurs glacées de l'hiver canadien, Jean-Luc Olivier et Dominique Delany pour m'avoir donné l'occasion de venir à Hanoi les retrouver.

Enfin ma reconnaissance va à mon père et à Hélène qui se sont penchés très tôt sur le berceau d'Ulik, ainsi qu'aux amies et lectrices éclairées qui l'ont amené à se poser quelques questions, en particulier Olivia Phelip, Camille Brezun, Mariella Berthéas, Isabelle Chauve-Métais, Aude Debarle, Marie-Joséphine MacKintosh, Catherine Rubin, Diane Wulvek, et aussi mes amis Cyrille Veillon, Tucki Jencquel et Luc Mallet.

Ce livre est aussi un hommage à tous les poètes et explorateurs du Grand Nord comme Peter Freuchen, Knud Rasmussen, et bien sûr Jean Malaurie dont les œuvres m'ont entrouvert la porte de l'univers inuit. Un merci particulier à ma consœur Michèle Bélanger, du service de Santé du Québec, qui, pendant que son mari nous préparait un excellent saumon arctique, m'a donné un aperçu de son expérience quotidienne avec les familles inuits. Elle n'est bien sûr nullement responsable de ce que j'ai pu ensuite écrire sur ce grand peuple.

# Femmes seules : qui êtes-vous ?

## *La femme seule et le prince charmant*

Jean-Claude Kaufmann

Pourquoi tant de femmes vivent-elles seules ? Or, c'est un fait de société, elles sont nombreuses à aimer, à travailler et à réussir en dehors du couple. Cette vie, qui commence à voir le jour dès la fin du XIX$^{e}$ siècle, ne va pas sans amertume quand surviennent, vers la quarantaine, la difficulté de trouver un prince charmant et la solitude, comprises comme la rançon de l'indépendance. Être une femme seule est encore connoté négativement. Mais Jean-Claude Kaufmann nous montre que l'autonomie des femmes est aussi un facteur de réussite.

***(Pocket n° 11047)***

# Le Petit Prince en Amérique

## *Petite Plume*

Eran Kroband

Balayée par une terrible tempête, une petite ville isolée dans les Rocheuses et ignorée de tous est rayée de la carte. Seul survivant de cette communauté mi-cheyenne mi-gaélique établie il y a plus de deux siècles, Petite Plume, dix ans, part à la découverte de l'Amérique. Avec sa spontanéité juvénile, son terrible accent écossais, mais aussi les préceptes de son maître, Sage Hibou, il porte un regard désopilant et plein de sagesse sur la société américaine. Quelles que soient les réactions des gens qu'il rencontre, il ne laisse personne indifférent…

***(Pocket n° 12035)***

*Cet ouvrage reproduit par procédé photomécanique*
*a été achevé d'imprimer sur les presses de*

**BUSSIÈRE**

GROUPE CPI

*à Saint-Amand-Montrond (Cher)*
*en février 2005*

POCKET - 12, avenue d'Italie - 75627 Paris Cedex 13
Tél. : 01-44-16-05-00

— N° d'imp. : 50296. —
Dépôt légal : mars 2005.

*Imprimé en France*